海公子

猛虎嗅蔷薇 著

图书在版编目（CIP）数据

海公子 / 猛虎嗅蔷薇著 . -- 南京 : 江苏凤凰文艺出版社，2020.7
ISBN 978-7-5594-3017-5

Ⅰ . ①海… Ⅱ . ①猛… Ⅲ . ①故事 – 作品集 – 中国 – 当代 Ⅳ . ① I247.81

中国版本图书馆 CIP 数据核字（2018）第 232072 号

海公子

猛虎嗅蔷薇　著

责任编辑　万馥蕾　张　黎

装帧设计　叶　春

责任印制　刘　巍

出版发行　江苏凤凰文艺出版社

南京市中央路 165 号，邮编：210009

网　　址　http://www.jswenyi.com

印　　刷　南京迅驰彩色印刷有限公司

开　　本　787 毫米 × 1092 毫米　1/32

印　　张　8.25

字　　数　145 千字

版　　次　2020 年 7 月第 1 版

印　　次　2020 年 7 月第 1 次印刷

书　　号　ISBN 978-7-5594-3017-5

定　　价　38.00 元

目录

一个夏天

如此三生

浮生梦

琅玕记

故事新编

一个夏天

@
海 公 子

女匪传

我的婚事当然是爹娘给定的，但爹娘让我瞧过，他们挑的时候也是想着要我过得好，挑的是年貌相当的，家境也看重，但那也是要我过去以后不吃苦，有好日子过。

他来相亲那天，我在二楼转角的阴影里，看他从大门走进来，站在院子里，几个哥哥迎出来，一起站在天井里寒暄。我就这样看过他一眼，太阳光太烈，又花影丛丛的，但还是瞧得出相貌挺端正，高身量，年纪虽轻，但是个好子弟，一点轻浮样子不露。

父母问我的时候，我就点了头，我说好，样子好，我挺喜欢。他姓张，他们家的村子离我们家要走三天的山路，他们张家是村里的大户，做生意，有钱。我爹娘都高兴，我的婚事算是妥妥地安顿了。

我也只想着，我看过了，我满意了，男方是主动上门提亲的，没想着他心里或许不乐意，或许看不上我。结亲的时候，他先是连着醉了三个晚上，然后又跟我一言不发睡在两床被子里三个晚上，然后他就出门做生意去了。

我并没着急，一则是我才十七岁，好些事儿也懵懂，没看那么重，再说，我总想着，我们是夫妻了，一个屋里住着，就算不那么喜欢，迟早是要亲近的，慢慢地也就是一家人了。我爹娘就是这么过来的，据说娘当年不满意跟我爹。

可我没想到的是，这个男人脾气真能这么倔，他看不上我，是真看不上。我模样挺好，身条儿也好，又不跟人闹意见，也不跟他别扭，我不明白，他怎么就能这么不待见我。三年，三年里头，在家的日子虽数得出来，那也是一大把，夜夜在一个屋里，可就是一言不发睡在两床被子里。

有一阵，我以为他是身上有毛病，后来撞上他自己那个，我就明白了，他是打定主意不要我。他听他爹妈的话，他想干的事儿，他爹妈不让他干，他就不再提，他爹妈让他干的事儿，他样样都应承。我想，他就是这么跟我结了亲。我也有我的硬气，他不要我，三年里，我也一句不解释。别人都说我是不下蛋的母鸡，我还是不说话，别人当着我跟他的面阴阳怪气，他面无表情，我就是笑笑。

我想，大不了，你们把我送回家，我家里人都待我好，有口吃喝，伺候爹妈，也没什么了不得的，人死不了，日子总得过。我也犯不着求你，况且，这种事，他这么个人，我是求不着的。

他家有钱，方圆多少村寨都知道。这里每个山头上，总有大大小小的土匪帮子，有些很成势力，有些没多少气候。他家雇了人，又有枪，但就是被十几个不成什么气候的土匪给抢了。这土匪头子也姓张，是本村出去的，祖上因为跟张家抢地，受过气，他爹气死了，他娘改了嫁，他后来就上了山，做了土匪。他抢张家，就是为着出气，否则也不能抢自己村里的，抢了家里所有现钱，还把我掳上了山。这纯粹就是为着恶心张家呢。

我这时候正想着啥时张家把我撵回娘家，可却这么糊里糊涂的，在个漆黑的夜里被扛上了山。这土匪头子已经四十多岁，模样也不好看，张家和我爹娘都想拿钱来赎，也派了人马来搜，但他谁也不理，东躲西藏，后来带着人马到了离村儿很远的山上，再后来，他还逢年过节给我娘家送礼，说是孝敬岳父岳母大人的。

他发现我还是个没破身的闺女，笑得在地上打颠，说没想到张家的独子是个孬种。他不仅在山上到处说那男人那个事儿不行，还费劲回村里传闲话，说我嫁了张家三年，还是个黄花闺女。

张家大概觉得丢人，或者那男的觉得在本乡本土难做人，以前他说他要去省城念书，他爹妈不同意，这次倒同意了。反正二十岁，我跟我那个明媒正娶的男人，一个做了土匪婆娘，一个做了新派学生。

再后来，我跟我那土匪头子一起做烟土生意，我们不打家劫舍，也不骚扰过往商队，却发了家，成了一带最有势力的团伙，吞了不少其他山头的人马。常常也要火并，我的枪法出奇地好，好到谁也比不过，土匪头子特得意，总是我那婆娘我那婆娘的挂在嘴上，我独自带着人马下山倒腾货物，遇上劫货的，从没失过手。

这一来已是很多年，我生过两个孩子，活了一个，我那土匪头子已经没了，他挨了枪子儿，伤口发炎，就没救过来，现在我是头子了。

我们是土匪，队伍里有不少到附近村里干些见不得人的事儿，名声不好，好些偷鸡摸狗搞女人的事儿，当头儿的不能管也懒得管。后来日本人来了，我们遇上了也打，倒不知怎么的，渐渐成了好汉了。

有一天，有新四军的人来联系我们，说要谈谈一起打日本人的事儿，我说没什么好谈的，我们井水不犯河水，各行其是，没什么可合作的。但他们的大官儿来了，于礼我也不能不见。

我在正厅里坐着，设了一桌酒席，我没想到走进来的是他，那个模样很端正，身量很高，一点儿也不露轻浮像的年轻人。我已经是个糙婆娘了，他还是挺年轻，挺精神，穿着军装，眉眼更英挺了，倒是别有种以前没看出来的气派。听说他去北平念了书，又去了解放区，然后参了军，是大干部了。

我没说话，他坐在我对面，他的人都在外面站着，我的人坐了满座。他慢慢摘下帽子，说："你都挺好的？"按我现在的脾气，真想吐他一脸唾沫，我好好人家的女儿，知书识礼的，现在却成了土匪头子。我往后靠在椅背上，脚跷在二当家的椅子上，把腰上的皮带枪套拆了下来，递给下人，说："挺好。"

他笑了笑，笑得忒风骚，我跟他那三年，就没看他给我露过一个笑模样，他们这是想吞我的人马，给我套交情使美男计来了？凭啥觉得我们这对儿散了的挂名夫妻能有啥真情分？

他说了一堆他们的路线方针还有未来局势，总之是威胁我，如我们这么小打小闹赚钱发财是混不下去的，日本人的大部队要来了……我没理他，我们做土匪的，有自己的担当，是福不是祸，是祸躲不过，土匪就得守土匪的本分，想跟着谁混攀高枝儿换个体面身份，下场都不会好。

他的鬼话是真多，一套接一套，我说你也别废话了，今儿晚上陪我，要是伺候爽了，我的人马就跟了你，伺候得不爽，你说这些也没用。满堂哄笑，这些在山头上当土匪的，都是乡里最差最坏的一伙，都不是好东西，除非自己能做大，否则跟谁不跟谁，他们不关心，他们只关心能到手的烟土和银元。

我见他站了起来，正了正装，理了理衣服下摆和袖子，背着光站得端端正正，就像那日来相亲。我听他说：“好啊，咱们夫妻也是长远没聚了。”厅里厅外全都开始笑闹和起哄。我本是想故意给他难堪的，没想他倒将了我一军。我跟谁睡也不想跟他睡，我最好的时候他看也不要看一眼，碰也不要碰一下，现在这个样子，我不要跟他亲近，我不要他看到。

我们被人推搡着进了我的屋子，我说，你别介意，手下这些人在山上也闷，就爱这么闹个乐子。他说：“我跟你睡了今晚，明天起你配合我的行动。”我被逗乐了，我说：“行啊！睡觉是吧，你来吧，我等的也挺久了。”

就这样，我们这对儿原配竟然这样圆了房。早上，他先起，我躺在那里说：“土匪的话，你不能太当真。”他说：“嗯，我知道，你说叫我睡你，我也正好有这个意思。”然后他又说：“我看出你是不听劝的。”

我说：“啥叫正好有这个意思，当年为啥就能那么不愿意？”他说：“我看不上一个山里丫头。”我轻轻笑了声，问他：“那你现在是看得上一个土匪婆子了？”

他愣了一下，眉头轻轻有些皱。他说：“对不住你，不管怎么说，你是我娶来的媳妇儿，没护得住你，让你给土匪劫去，是我不对。”

我说："过去就过去了，活了这些年头，什么对什么不对，我也不知道，反正，留在你家，我也没啥好日子过，回娘家，也不见得就开心。我在山上，也算别开一盘棋局吧。"

他说："那你就不想再另有一番局面吗？"我说："你不都看出我是不听劝的？"他笑了，笑得就是风骚，回过身坐在床头看着我说："那你就等着我来亲手毙了你。"

我没说话，只看着他，这话没啥意思，他既然来了，就是要解决这一带的问题，谁来谁走，只要有一天局面安稳了，土匪就是地方上的眼中钉，当土匪，不是死在你手里就是死在他手里。我早有觉悟，我是个女土匪，落人手里，我更有苦好受，要是能被他一枪毙了，也算个爽快死法。

他走了，后来还回来几次，倒像是出去跑生意的男人回家，回来跟我吃饭跟我睡觉。我听说他跟人好过，是个北平的女学生，跟他一起追求进步的，后来死在战场上的，是个堂堂正正的大学生、女英雄。

我这辈子，注定是被这个男人看不起的吧，好在我还有过土匪头子，他瞧得起我，他觉得我是这一带最凶的土匪，是他最得力的手下。

我不怎么明白他干嘛要来找我，从我这儿得到的方便和消息，并不见从别处就得不着，或者无论他是否跟我有这么层关系，该送的顺水人情我一样会送，这是我们土匪的行事。

再后来，日本人没把我们怎么样，再后来，我们被解放军剿了，公审大会、公开枪决，听说我成了全国都有名的女土匪。我要求他来枪决我，本来也就是说说，新的世道规矩说法太多，没想到竟然被同意了。我想也好，他毙了我，也算跟我摘清了，省得受我连带，咱不妨碍他的仕途，咱有咱的硬气。我跟他，啥也不是，就是我进过他的门儿，再吃颗他的枪子儿。

我不肯跪，他们踢我推我，我跪在土里，嘴里塞着东西，他站在我后面，我听出那是他的脚步声，他说："尸首我会收的。"我说不出话，也不想说，这也算他对我的恩情？他女人是女英雄，他也是英雄，说到做到毙了我的英雄，我呢，是个有名的女土匪。他说："你走好！"然后，就听到枪响……

乙未腊月

于陆家嘴寓所

麻风女梦婉

梦婉是个麻风女，她捡回来的那两个大兵也传上了，村里人都说梦婉这是长大了，想男人想疯了。

梦婉到底有没有麻风，村里人本来并不真的知底，他们只知梦婉娘是有的。当年，梦婉她爹逃难到了村里，村里一户殷实人家收留了他。荒年，其实大家都愁着锅里碗里，既然会收留他，自然有想法。这家有个女儿嫁不出去，家里只说姑娘憨，喜欢过人，人家攀了高枝没要她，故此就留了心病，名声也被传坏了，虽然现在大了懂事了，也愿意找个合适的嫁了，又说不上人家了……

梦婉他爹读过书，是个好人，他觉着还能咋样，最多不是黄花闺女了。他这样两手空空无家无业的，不能挑剔人家这个，人家收留他，就是恩。他再没想到，梦婉她娘说不上人家，是因为有麻风病。她的麻风病哪儿来的，村里人想不出，就她得着这恶心人的病，别人都好着呢。

梦婉娘这病看不出，只在头皮里和屁股上有些疤痕，又是怎么左瞒右瞒还是传得全村，家里也想不出。好在现在招到了这女婿，村里人和着他们一家都不吭声了。等梦婉娘生下梦婉了，他们一家三口就被家里和村里一起迁到了山边的一块空地上，靠着崖壁的几间棚子、一块地。

梦婉爹一直好好地照顾着母女，他自己倒是没得上这病，梦婉也活泼可爱，并觉不出生活里有啥缺失，就这么长大了，直到有一天他爹到镇上买盐巴，一去就再没回。这年头，时不时有人被抓壮丁抓走，一去就音信全无。所以梦婉相信自己的爹是被抓去当兵了，不是不要她们娘俩儿了。以前梦婉不知道啥是麻风，现在她听到了，村里都在说她爹不要这两个麻风女了。

梦婉不信，但她娘却不吃不喝地等待，没多久在一个夜里安安静静去了。从此，梦婉一个人住在崖边。棚屋坏了，没人给她修，她就收拾收拾东西，住到了崖洞里；自己种地，有时候出去换点东西。原先娘那边的亲戚也会送点东西给她，就是趁天还早，扔在山边空地上就走。

后来，仗越打越近，只要有军队过，梦婉就去路边等着，瞪着眼睛看，一个一个地看。她找她爹，她要叫她爹回来看看她给她娘竖的坟包，她要叫她爹把几间棚屋再修起来，她要让村里人看看她爹没有不要她们母女，她爹不是这种人，她爹不嫌弃她们；她爹心里可爱着自己的闺女呢，就算她也头皮里屁股上有疤，她爹一样把她当宝贝，她爹说那是人身上的花瓣儿，好人才长呢，最漂亮的人才长呢，所以只有娘和梦婉有，爹没有。

是的，梦婉长得漂亮，梦婉娘长得更漂亮，只是梦婉爹也斯文秀气，这一家子要是穿齐整了走去镇上，别人不知道，还以为哪里来的，绝猜不出是小村子里出来的。

梦婉这一天天地看啊看啊，看着部队来来去去，真是眼睛都望穿了。直到有一天夜里军队就在村外开了仗，梦婉从死人堆里拣回两个要死的伤兵，缺医少药，但梦婉生生把两个要死的人养活了。

这两个当兵的就留在崖洞里没走，大概怕被当逃兵抓起来，怕再被拉了壮丁。他们得了麻风，村里人才确定梦婉也是麻风女。两个大兵的麻风跟梦婉和她娘不一样，他们是越来越严重，到后来，烂手烂脚。梦婉肚子大过三回，村里有人说听到过婴儿哭，但都没见崖洞里有孩子；村里还有人说都是梦婉自己掐死的，就埋在崖边她娘的坟旁。

到快解放的时候，这两个当兵的都死了，梦婉跟他们过了好多年的日子。村里人对来的干部说麻风女没人要，所以她自己去捡了两个“死人”回来养着，当她的男人。要是问为啥要捡两个，村里人也有道理，他们说是快死的人，谁知能不能活，能活一个就成，谁知道两个都活了。那两个人得病前好些年也是齐齐整整像模像样的，麻风女也过着了神仙日子。当面就这么说，背地里那些婆娘汉子们嚼的舌根儿也就可想而知。

干部把梦婉送到离村子很远的一个地方治病，村里人不知道是什么地方，据说所有的麻风病都去那里。村支书后来跟村里人说，梦婉在麻风医院里告诉那里干部，她救了那两个当兵的，她想着他们伤好了就要走，她本来还想托他们帮着问她爹。没想到，那两个当兵的看她是孤女，就欺负她，为着家里谁说了算，他们也打架，后来他俩得了病，就怪梦婉过病给他们，是灾星，一不高兴就打她。梦婉给干部和医生看她一身的伤，身上那些横着竖着累年的伤痕。

没几年，一天的大清早，梦婉回来了，是镇上干部还有据说是更大的干部一起陪着回来的。支书组织人在村口欢迎，说是梦婉的病治好了，支书代表村里保证要欢迎梦婉、接纳梦婉，就安顿在她娘原来的家里。干部说梦婉还年轻，让村里干部有机会还是要给梦婉说个亲事，好好过日子。

干部走了，没多久梦婉又回到了崖洞里。村里都说不是村里不留梦婉，是梦婉习惯崖洞里，不习惯屋子和床，她自己要回去的，是她自己要回去守着她娘。而且她还要等她爹，没准儿她爹还回来。镇上干部来视察，问梦婉，梦婉笑笑，说是的。梦婉跟她爹学过字、看过书，她知道人要本分知趣，别给人家添麻烦，她已经给集体添了太多麻烦，这些年在麻风医院，看病吃饭，样样都是国家出的钱。

这一晃，许多许多年，有记者报了一条“新时代的白毛女——某某村的野人”，一下子梦婉出了名。更让全村惊动的是，梦婉爹真的回来了，是梦婉的“弟弟”“妹妹”捧回来的骨灰盒，梦婉爹真的被拉了壮丁、去了台湾。他留了遗言和一笔钱，遗言是把他埋在几间棚屋边上，一笔钱是自己让后来的子女把梦婉母女送去治病，村里人都说没想到梦婉爹那么有情有义，一下子梦婉有了海外亲戚。

然而梦婉并不这么想，她想爹你怎么不早回来，你早回来，我们就自己治病了，也不用占公家便宜；我的病已经好了，也用不着钱；你既然不知道妈不在了，怎么还找了别人，有了儿女。梦婉想了又想，觉得她爹埋在她娘身边不合适，她觉得以她娘的心思，要是活着，一准儿也改主意，不等了。所以她跟“弟弟妹妹”说现在村里不能乱埋人，埋了回头也不牢靠，再说你们那边人多，爹还有孙辈，将来有人祭扫，我这里没人了，爹会孤单……台湾亲戚们觉得很有道理，就把骨灰盒又捧回去了，钱却无论如何给梦婉留下了。

梦婉带着钱出了门，村里也是后来才听说，报纸上说梦婉把好大一笔钱捐给了她当年治病的医院。那地方因为没剩几个病人，其实快要关了，但因为梦婉捐了钱，就把其他几个地方的病人都集中过来。其实是些老人，他们就算病好了，也没地方要他们，就留在这里养老了。梦婉说，能给这些人养老，也挺好的。

她还是回了崖洞，继续种地、看着她娘的坟，有时候会收到一些台湾亲戚的信和礼物。因为这些台湾亲戚，梦婉的崖洞村里也给了个门牌号儿，但送信的根本不用看，一看是台湾来的，就知道往崖洞送。

再后来音信渐息，梦婉也老了……

二〇一七年十一月

于香港寓所

“a”号文档

外资银行里的女职员，四十多岁，面白、矮胖、小眼睛，单身，大概也没谈过恋爱。电脑桌面上有个取名为“a”的文件夹，里面是本行上至 MD 下至小 intern，头脸尚可（重点是入她眼）的男性职员门禁卡大头照集合。都是她逐年观察然后收集起来的，隔一段时间翻翻，按心情按口味，挑两张出来，一张桌面背景，一张屏保，旬月即换。

这 folder 基本就是这单身老女人的后宫三千了。如果只是按月挑两张出来欣赏欣赏也就罢了，但外资企业里摸爬滚打过来，练就了非凡的执行力，本月上榜这两位，接下来的日子就会比较精彩。这女人是个经验老道的 stalker，骚扰纠缠这两位被翻了牌子的爱宠，就是她这阶段的日常生活和娱乐。

两位男士将经常接到短信和电话，高兴起来一天上百条短信，但也可能一天就一个电话，也不说啥，就“干嘛呢，在哪儿？”，跟一般老婆大人查勤没大区别。除了 daily base 的通讯联系，隔三岔五地会在办公楼下等着，看你出来了，就隔着距离跟着，也不靠太近，就是跟着，但等你以为人只是跟着的时候，她又会突然行动起来。

譬如您正超市里认真挑着今晚的食材，她忽然冲上来，握着你的手痛哭起来，哭得好不伤心，把一个城市单身老女人的苦全哭在了脸上，吓得这位白领男落荒而逃，边逃边对围观群众们申辩道：我不认识她，我不认识他……伴着凄厉的辩解消失了身影。这单身女人遂也擦掉眼泪，开始购物……

另外，她总有办法弄到你的联系方式，都是在业内混的，你也总不可能因为她就销声匿迹。她喜欢打办公室座机，似乎光你自己知道被骚扰了还不够，得整个办公室整个公司都知道您光荣地进了“a”号文件夹，且本月正受宠……

她不具备伤害性，也没真干过出格儿的事，不会构成人身威胁，不会破坏对方名誉，挑选对象的法则不在职位高低，重在魅力指数，范围相当广泛，换工作也没用，只要被她的电脑瞧上了，除非离开本市交通不便也就罢了，否则人一样从浦东赶到浦西，在楼底下咖啡厅候着您，风雨无阻。

于是，被她瞧上的男士们成了个特殊的 club，时常可以在本行周五聚会喝酒的时候，聊聊彼此被此女骚扰的个体感受和自卫心得。没被挑上的，那实在就不算什么光彩的事了，因为但凡有点儿姿色的，全是要进“a”号文档的。

按说，这中年妇女的行为已经是恬不知耻、极其可恶的了，然而既没有人报过警，她也没被银行谈话或辞退，她就在这里绵延不绝，骚扰不断……成了奇怪而彪悍的存在。

听老员工说，以前，她还没有启用“a”号文件夹的时候，显得抑郁烦躁，很不快乐。自从建起了这后宫，按照她管理客户资料的高效率管理着她的男宠们，有板有眼有节奏按计划地安排骚扰日程，日子过得充实美满，看起来气色还相当不错……

二〇一四年

于新天地寓所

青枚故事

青枚在该婚嫁的许多年里，没有人替她操心张罗过，好像故意回避似的。也许就是故意，青枚的母亲带进门这一大份嫁妆，人不在了，但女儿出嫁，总该多少说得过去些，否则又是经年不散的闲话。顾家不愿背这样的非议，但也不愿无端端为个没人管的闲人多费这些钱财，于是谁也不吭声，反正耽误的不是自己女儿的青春。

青枚就在这个大家族共居的宅院里像个隐形人一样活着，她和奶娘也不敢吭声，万一说了，二叔一急，把她配给什么糟心的夫家，还不如躲在这里。大家亏欠她，也就不招惹她，她看看书写写字，偶尔上街逛趟庙会和集市，对个她这年纪的女孩儿，可说少有的轻松惬意。不用生养孩子，不用看公婆脸色，不用操持没有尽头的家事，不用应对层出不穷的纷争，不过是不吭声，一个人呆着罢了……

青枚的母亲命运不好，相貌好家世好才学好，样样都好，多么清高，最后也是早早凋零，人世走一遭，除了留下个女儿无人照看，什么也没得到。奶娘从小就说母亲多么多么好，好得天上有地下无，听得青枚都烦了，烦到几乎没有见过娘亲的孤儿应该有的那点儿念想都淡了。青枚心里觉得，母亲那么好，那么美的一帧小照供在那里，怎么这世上连个念想她的人都没有，父亲在世的时候，好像不怎么高兴有过这么个原配，对她也淡淡的，不放在眼里。

家族里子弟众多，青枚看到的故事也多，多到她连少女该有的那份绮念都没有。在青枚看来，杜丽娘正是家中独女，不知世情，做梦做得太深了，梦想又全然得不到伸张，才丢了性命。至于后面的什么死去活来，不过是编给人看的，否则谁来看戏呢？

青枚一个年轻姑娘，读了不少书，人也似乎世故练达，跟族人应对起来也有板有眼，多的话一句不说，也绝不吃亏。裉节儿上，也立马儿能不急不慢亮出几句直指要害的，又似乎温和有礼，绝不是气急败坏的，弄得人生气不得，又折损不到她……奶娘在一旁看多了，有时候也奇怪，这没人管没人爱的孩子，不知怎么就长成这样的。

可是，终不可能是这样一直下去的，大家族出多入少，本来坚持得就辛苦，也就人心思变，几个稍有点儿出息的，前前后后带着家眷都散到海外、上海、省城……世道越来越不稳当，似乎战火真的就要烧过来了，最后愿意撑着这个大族的人也没了这份心思。大家都要散了，这一要散，忽然就显出，家里还有个女孩儿，大活人一个，一点儿去处也没有。

倘若青枚不是长子长孙的长女，倘若青枚的娘不是带着惊人嫁赀进门的望族千金，倘若没人私吞了该青枚得的那份，倘若青枚的外祖家不是远在北方久不通音讯，倘若青枚平日是个低眉顺眼帮着家事的庶出女儿……说不定，也就有哪房愿意带着她，反正多个帮手呗。可是，现在，青枚就那么突兀地剩在了原地，抽身走得晚的族人，似乎也是刚醒过味儿，颇觉得惊讶和棘手。

半年前，镇上就驻了兵，都不是什么好人，军长手下得力的一个军官，死了老婆，军长要拉拢人，早说要给找个好的女人。青枚族人不愿把青枚许个知道内情的本地人，觉得这么孤寂寂送人过门儿，凑不出两台嫁妆，怎么也说不过去，要是给了今天来明天走的丘八，倒是不错，而且听说这个军官是个读过军校的，老婆是青梅竹马，可惜难产没了，年轻，受长官赏识，怎么说，也不能算他们亏待了青枚。

没人问过青枚怎么说，就是三婶语焉不详地暗示了她一回。于是家里都散得差不多、连个说上话的人都没有的某天，对方的轿子来了，人去楼空，就是几个仆妇过来请她上轿，没有那种吵闹的阵势，没人逼青枚，青枚只能上轿，否则她去哪儿呢，连下一顿朝饭在哪儿都不知道。

只有奶娘，哭得声嘶力竭，说什么也要把就这么没头没脑要上花轿的青枚拦下一时，从箱底找出青枚她娘当年的嫁衣，又给青枚梳了梳头，青枚房里没有脂粉之类的，可是那嫁衣，是太漂亮了，没有谁家穿得上这么大排场的一件嫁衣，奶娘说，也就这个了。青枚说：“奶娘，我先跟着花嫁过去，你收收我的书、衣服的，晚点儿也过来。”

可是，轿子还没到驻地，就有骑马的兵来通知，让抬轿子的四个大兵直接抬着轿子跟上队伍，到省城再换车，队伍开拔了，要离开此地。青枚想问些啥，想说得通知奶娘……可是，人仰马翻，大兵们只管抬着轿子往省城赶。

就这么着，青枚从此再找不回从小住着的大宅和小镇，也再见不到养大她的奶娘，一瞬间，什么都找不到了，只剩下后五十年雾腾腾的前程。青枚每次想起这天，都觉得喘不上气，她不曾想到时代的风云际会像浪头，轻易卷翻了无数人的命运。

被颠簸得昏天黑地方来至省城，青枚还穿着那身不知多累赘的嫁衣。她身上什么也没带，连换洗衣服都没有，又没盖盖头，那衣裳太扎眼，所有的人都瞀着她。青枚算是沉稳性格了，可毕竟只是养在深闺的女子，一时间尴尬得心里像着了火。青枚在家里，仗着别人对她理亏，没吃过什么苦头，不过是没人疼没人爱，这跟受气受欺，毕竟还是有大区别。这下，她忽然警觉，恐怕，从此，人生就不一样了。自己怕是会像这天一样，像被强摁着头的牛，都来不及挣扎，最糟糕，一点儿都不知道下一步是怎么回事。

上车下车，除了吃饭睡觉，一直赶路，不知道去哪儿，不知道什么时候会见到那人，不知道自己是该哭还是该死了算了……车在开，青枚就一直用手摸着嫁衣上繁复的刺绣发懵。有一阵，青枚忽然笑了，她心里想，不知道当年娘穿着嫁衣的时候是什么情形，一定是一板一眼、礼数俱足的。她自己这算什么道理，兵荒马乱，到处是尘埃和马匹的嘶鸣，头发腻腻地结在一处，面上汗水粘着灰，青枚仍旧坐得直直的，目视前方，照顾她的士兵喊她夫人。

青枚心里纷乱，使得大力气不让眼泪掉下来，忽觉有人看她，有双眼睛从窗户外盯着自己，才抬头要去看，就只看着人和马都往前跑过去了。

那人的腰背挺得直直的，青枚的腰背也挺得直直的，只是那人从容，青枚却酸疼得要尖叫。青枚似觉得马越过车窗时，那人嘴角微扬。青枚福至心灵，已然猜到这就是她嫁的人，她心里默默颂祷：一无所有、伶仃可怜之人，唯念你温淳良善，容我乱世中苟且偷安。

几十年后，青枚移居美国，她父亲那边多数亲戚陆陆续续早来到美国，人口众多，到了美国一样开宗族大会。青枚虽寡居于此，可也是将军夫人，岛内岛外人脉众多，次次有人来请，青枚从来不去，但后来三叔过世，青枚过来给这个大不了自己多少的三叔磕了头。

青枚于灵前默默颂祷：三叔好走，谢你当年临走替我安排亲事，免我半生飘零。

何止是不飘零，青枚的丈夫人称美人将军，眉间一点朱红小痣，到老都像俊俏顽童。正如当日青枚的祈求，美人将军脾性似水，一世看着青枚的时候，都是嘴角轻扬。美人已逝，留下青枚与满堂儿孙，青枚在人世间有钱有权有情有爱。夜深人静，青枚常常觉得运气太好，太平世代处心积虑也未必有此造化，自己倒在乱世里捡到了。她待将军前妻的一子一女尤其好，那么好的一个人，自己是贪上的。给将军建墓地时，一子一女提出想将来有机会把自己母亲也从大陆迁来与父亲合葬，就是三人都葬在一起，青枚跟那前妻一起陪着将军。青枚说："孙儿们都在美国，我将来就留在美国吧，把你妈妈接来陪将军。"

青枚去美国前就把家产均分了，四子二女一人一份，青枚自己留一份，等自己将来过世，剩下的仍旧是一人一份。她离开时，送行的亲友问她会不会思念、会不会回来，她说："我是飘零之人，心没有系处，随遇而安惯了。"她最后也没留骨灰，一世安稳，子孙满堂，但或许在她自己心里，从前没有倚靠，后来也无归宿，仍旧是一世飘零人。

凤遣小传

母亲早亡，独女，父亲再娶，又生有几个弟妹。这便注定了一个人大体命运不好或者性情乖异，再推算那些细节就不见得有多大意思了。担着母亲和兄弟的名义，实际却是陌路，偏偏还要扭在一起，彼此相妨。父亲是自己的亲人，但父亲有他自己的人生课题，没工夫顾及她，她就越发地觉不出自己有个家。

如果是个男子，这也就不必过于纠结，继往开来的人生需要奔赴，总不必随时往回看，来来回回地咀嚼这些也并不能让处境改变多少。可惜凤遣是个待嫁的女儿，万事由不得自己做主，一个不顺畅的开头，轻而易举就可以叫她陷入一个奇怪的圈套，蹒跚在人生路上，被拽着没轻没重地走，恍恍惚惚错过站头。

凤遣十八岁嫁给将军的儿子，是来冲喜的，实际上，大夫早就传出意思，是必死无疑的。将军家不过是无论如何要给这个将死的、已成年的长子，娶一房媳妇而已，她自己家里也知道，却谁也不替她说点什么，每个人都惦记着踩在她身上，从将军那里谋划些什么。

凤遣看清楚自己丈夫长相的时候，是在守灵那天，惨白白死寂的面色，久病的人，不过是骷髅头上蒙着张皮，根本不论俊还是丑。以后的十年，丈夫的奶娘常常絮叨那是一个多么美丽的青年，凤遣总是沉默，这让想引着她一起怀念那个青年的奶娘很失落。她心里只有那张枯败的死人的脸，日复一日、天天一早起来给灵位上香，凤遣就是这个家里的长房媳妇了。

说是长房媳妇，但这家毕竟是二弟和二弟妹的。十年间，她在自己的院子里，看看书，弄弄花草，偶尔，裁缝来，挑挑料子，也为就来的春天做身衣服……凤遣从不要求啥，也不提回娘家，只有父亲想她了，来接她回去吃个饭。人生被这么安置了，冤枉得厉害。凤遣也曾经是活泼的少女，也没刻意要压抑自己，但世情如此，趋利避害地过日子，她又不能去跟这世界拗断。她喘不过气来了，别人是觉不到的，她若蹦达挣扎得厉害，并不能得到一二分的好处。

二弟妹有三个孩子，二弟的两房妾又有五个孩子，一家人的争斗没休没止。凤遣看不到别人，就常常拿二弟妹跟自己做比较，看着二弟妹总是烦恼的面容，凤遣心里想，有夫有子的人，又怎么样呢?

在被接回家吃过一顿团圆饭之后，家人就去了海外，终此一生，凤遣也就再没见过她的这些亲人。将军家的各房都已经分出去了，他们也没给凤遣过继个儿子什么的，二弟得了本该属于老大的家产，所以凤遣也就一直在本家的大宅子里顺势这么过着。其实凤遣一直被大宅子里的口风逼迫得紧，她这样的寡妇，尤其容易被人挑剔，于是真的是二门不出，就总是在自己这进院子里。二弟那边的事情，多半就是听下人们传的，那边也不愿意招惹她，就是二弟生辰摆宴席，也并不见来请她。

但举家要搬迁的时候，她就成了个问题，可却没人想着。直到要出发了，忽然有人想起了，但也都觉得，不是正好，房子本就是大房的，现在又归她看着，有个主人镇着大宅，总更让人放心，谁说将来就一定不会回来的。于是，二弟那边，只派人来说，一家要跟着到南方谋事情做，这就走了，一切有管家打理。于是，偌大的宅子，莫名其妙地就走空了，剩了个老管家，还有她这边一个老奶妈，两个丫头。空空荡荡的宅院，还有堆进屋里来的地契、账本……

凤遣走出她的院门的时候，整个宅子里静悄悄的，弄得她心慌起来，可是心慌有什么用，自来就是被抛弃的人，没人惦记她。几个下人倒是有些可怜她的处境，依旧把她当主子伺候着。只是，世道不好，已然是个乱世了……

许多个十年这样过去了，凤遣居然就静悄悄地度过了所有的风波和运动，连那些喧嚣的年轻人也都不曾想起她来，当然，她也知趣地避到了府里的一处小阁楼，任由各路人马搬进搬出。后来，将军庞大的宅院被开辟成了旅游景点，凤遣和一个此时也已是老妇的丫头一直作伴住在这里，当地政府也不知怎么安置她，就不去管她，每个月给她些补助。

一队队旅行团来了去了，一来二去，不知什么时候，凤遣和她的小阁楼也成了一处景点。每个导游都要带着团队专门从这个角落经过，都要故作神秘地压低声音说，当年将军抢来的姨太太还住在这里，就在这个阁楼上，曾经是个大美人儿。其实凤遣并不算特别美，但她却真是出身名门、读过洋学堂、写一手漂亮的字，八抬大轿明媒正娶的少奶奶，只是此时她耳朵已经背了，亦或她就算听见，也不在意，甚至希望自己身上真能有些曲折的故事也说不定。

倒是她的丫头有时正好下楼，听见了导游们的说词会不乐意，就呸一声，说：“我们老太太是府里的大少奶奶，什么姨太太！”

关于马艳

马艳在绝经后的那一年跟她的外国先生离婚了，很多人都知道，这婚结得就混蛋，早就该离，可是离得如此的晚，又叫旁人说不出该离的话了。

马艳是个非常晚熟的人，她三十多岁结婚的时候，其实就还是个疯疯癫癫根本魂灵找不着的家伙，并且把这不着调当了一种时髦、洋派和腔调。

她在胡乱地跟着一群群一帮帮走马灯似的死党玩儿了很多年后，周围已经没有正常人会考虑跟她婚恋的时候，牛哄哄地嫁了个丹麦人，去了国外。认识她的正常人都觉得她是个秀逗的傻缺，但她觉得不过是自己的经历让她跟中国男人没法对盘，西方男人比较坦率有风度，而且也好找，体貌条件不错，嫁了不丢人的，扒拉扒拉就有两个，不像中国男人但凡能勉强相个亲的，就已经傲娇得不知自己姓什么了。

总之，马艳觉得没啥不好，反正自己一直过得挺痛快的，既然现在嫁了老外，跟着去欧洲，有啥不好……

他这先生参加个外国公司搞的项目，到中国来呆了几个月，他们是由此认识的。公司是大公司，马艳去参加活动的时候，有许多外企高层，这男人虽然职位就是个普通经理，但年纪跟她差不多大；长相虽一般，但体格脾气看着都不错。

谁知道，到了丹麦，马艳才知道，他这老公根本是临时参加了这个项目，名片上的抬头也不过是方便，实则就是个临时工，而正业不过是小地方的一个消防员。一切为时已晚，马艳非常自信地没有做任何避孕措施，此时已经怀着身孕了。

反正，时间就像瀑布砸在石头上一样，跟着老大就是老二老三，马艳有时候会想想自己见过的那些大场面，自己曾经很不错的前程，自己那些大帮大帮的社交圈子……但想的机会也不多，学校安排给家长的工作似乎比给孩子的还多，反正三个孩子加在一起，再加上其他家务，时间减去日程表，根本就是负数。

这位丹麦先生有个茅坑石头一样又臭又硬的脑袋，相信一套他自己的理念，觉得完美正确，无可置疑。虽然马艳看明白了他就是个没见过世面的欧洲乡下人，意识形态理论一大堆，但真本事没有，也谈不上上进心。这位先生外貌是典型而普通的欧洲人，高、瘦、白，喜欢侃侃而谈，但大部分时候，害羞自卑内向，在自己的人群里混得不咋样，属于自己社会的边缘分子，找不到像样老婆，否则也不会出趟差就搞了个彼此都不了解的中国老婆回来，还打心底里看不起。不过好处是，他英语不好，马艳丹麦语不好，在很长一段时间，她老公在餐桌上对她国家和人格的各种攻击性演讲都被在中国从小养成了虚心好学习惯的马艳当作了练习语言的机会，且两人都要先把母语在心里翻译成另一种语言，也就在这过程中丧失了某种激情和冲动，所以似乎也不太冲突，外人看着是和睦的夫妻。

马艳一日三餐要做两套，一套西餐，给丈夫和孩子，一套随便弄点儿中餐给自己。他丈夫不想来中国，于是这些年屈指可数的几次回国就是马艳自己一个人，见见父母朋友。她父母都是教师，很爱面子，从小认真培养这个独生女儿。马艳会好几样乐器，小小的就参加各种朗诵比赛英语演讲……又考进名牌大学读书，进了最好的企业。反正父母本来觉得很有面子，可到现在，她回来，一家就是几顿饭才坐到一起，说几句菜咸吗、还吃吗之类的，连外孙的照片都懒得看。

因着自小在国外长大，从来不说中文，这种家庭结构，还有父亲的影响，三个孩子对中国没什么感情，其实也多少看不起马艳。他们当然不知道马艳就是嫁得荒唐，顺带还被这荒唐的情势给绑架耽搁了……

马艳父母给的家教是非常正规的，从没想过说要贪图别人家产什么的，再说对外国的语言环境也不熟，所以，很多年里，家里的财政或者说所有重要事务都跟马艳无关。

大概四十多岁的时候，在无数次因为家庭大项采购发生过冲突之后，马艳和国内的朋友做起了生意。从一些小商品到中式家具，不知怎么的，大概天生能力摆着那里，居然越做越好，算是发财了。

人经济独立了，自然对自己的尊严就有要求了，无休止的断断续续的争吵，因为孩子，就这么吵了合合了吵，这外国老公其实不想离婚，又能干又能被他拿捏的、多年来像个女仆一样伺候他和他孩子的老婆不好找，而且最重要还让他这么个卢瑟天天在面前耀武扬威、侃侃而谈。

很奇怪，马艳在生殖能力与她的身体告别的这年，好像多年来悬浮在她大脑里的棉絮云雾就都沉淀的沉淀，散去的散去。她忽然就悲从中来，想着生命如此短暂，自己还没想好要怎么生活呢，生活就过去了，自己都要老了……

她心绪不好，对她这先生的嘴脸就容忍度越低，经过了一个颇煎熬人的过程，终于真的要离婚了。过程非常丑恶，她一个人，她丈夫却冒出一堆那么多年从来没给他们帮把手的亲戚朋友，用了许多手段，居然在一个不集权的、民主的发达国家，让结婚二十来年、生了三个孩子、家当基本是她挣下的马艳净身出户了，一个人，拖着当初来时的两个大行李箱回国了，她的孩子都没来机场送送她。

换作别人，大概很崩溃，觉得自己这是多失败多凄惨啊。马艳不同，虽说她在晚熟了这么多年之后忽然成熟了，但她的神经还是比正常人糙得厉害。她觉得自己没错，就当生意亏了，她还可以再做起来，反正合作方和供货渠道都还在自己手里，就是她忽然觉得，得好好孝顺孝顺她爸妈了，挺对不起他们的，俩老人都年纪很大了，身体也不好……

他们给她最好的教育，让她自尊上进，竞争最好的工作，嫁理想的对象……可现在这些程序好像都已经完成了，就是完成得无比拧巴。

她都是个老年女性了，这一切该如何开始呢？就是做个生意，赚些钱，过个日子吗？这个问题，从决定离婚前，到现在出了长沙的机场，马艳也还没能想清楚。

她想，想不清楚就想不清楚吧，先把自己和日子都立起来，再看吧，反正总不能因为生活似乎已经没有更多可能性，就让自己窒息在过往……

五十多岁的女人，该往哪里去呢？

二〇一三年夏

单身女人

昨晚新闻上一个老牌女明星重病过世了，留下巨额财产和一个独生女儿，去世前做了财产信托，每个月只给生活费，女儿要到四十岁才能拿到这笔遗产。一群热聊的女同事中不知谁感慨：你看人家发达地区的人，观念就是先进，要培养子女的自立能力。

Tracy 是财务，一贯故作厚黑的语气："其实，那老明星不过是想等到女儿有丈夫和儿女的时候再继承遗产，到那时，有了足够多的人与女儿结成真正的利益共同体，其他三亲六戚的就免去惦记着独生女儿生死的'重任'了。"Tracy 不过是喜欢表现自己比女人们看问题更冷酷更理性，但这个小公司，大家都说风水不好，这群女同事单身、单亲、丁克必居其一，于是难免有人听者有心了。

Dorris 问："利益共同体怎么说？"

"就是你好好的，对他们是更有益的；如果你不好，甚至你挂了，对他们不仅无害，还能获益，则是利益共同体的反面了。当然，这有害或有益，是有精神和物质两个方面构成。如果情感上不需要你，而你的存在又不能使对方受益，你不存在反倒能使对方受益的，具体名头是什么已然不重要。谋杀是种极端行为，而制造契机或者坐视不管，任由你遭到损害是更常见的策略。”Tracy 的道理一贯一套一套的，正是饭点儿，在烈日下走的路上，倒也吸引了这群女人听她白话。

还是这群女同事，过了些日子聊八卦，缘起仍是前晚的一则新闻，惠特尼·休斯顿死了，也留下巨额财产和一个独生女儿。Magen 是从不看八卦新闻的，这次没忍住，插话：“死得可疑，恐怕这女儿也难保。”众人表示不能认同，说，“你没看详情”“不能用阴谋论想所有事的”……

不久，又有新闻，果不其然，惠特尼·休斯顿的女儿真的离奇死了，死在浴缸里，淹死在自家浴缸里。这下 Magen 很得意，忽然间好像她才是一群小公司里女性小职员们的意见领袖了，一早来就急不可耐地对着其他几位说：“你看，正如所料，必定是谋杀，在法定财产继承人名单上查。”

众人说：“不对，不对，新闻报道是意外。”Magen 一副笃定得很的神情，说不信你们等着看追踪报道。

真是被她说中，没两天，七大姑（前小姑子）爆料了，说是八大姨（兄嫂）干的，夫家、娘家、义子三伙人掐起来了，警方已经立案……

众人正在 pantry 坐着喝水吃酸奶，Tracy 给大家分析说："惠特尼·休斯顿也早立过遗嘱，成立了信托，但却让女儿二十一岁即可拿到大部分财产，这之前由娘家亲戚监管，而如果女儿也不在了，那么前夫、兄嫂平分遗产。这样的遗嘱哪里是保命的，分分钟的催命，还设了二十一岁的限时追杀令。"

于是这一群单身女性和单亲妈妈们开始热烈地探讨理财问题，立遗嘱、做公证、捐慈善……各种方案的核心原则是，让所有自己不想给钱的人知道：就是自己挂了，就是自己的孩子也挂了，你还是拿不到一分钱。

众人像做项目一样的 brainstorming，拼命想整合出一套万无一失的方案。

Wendy 说，我都奔五了，再嫁人再生孩子通通来不及了啦，难道捐光？

Diann 说，我老公比我小十岁，钱都是我挣的，我爹妈不在了，他倒有一大家子，我看我是悬乎了。我最近天天拉肚子，也没吃什么不卫生的啊？

Zoe 说，我还好啦，前夫、娘家……所有亲戚都比我有钱。

Beth 说，还好，我们家移民这城市五代了，代代单传，我反正也嫁不出去了，能受益的就我爹妈，他们还盼我养老送终呢……

还有宫斗剧爱好者的小助理醍醐灌顶，说原来娶一堆老婆生一堆娃是想在宗族里谋活路啊！

……

实际自从前几次聊天，Diann 就有了心病。她曾有几次意外食物中毒和服错药物，也有莫名其妙地生病不舒服。她本来粗心，但有了这几次聊天，逐渐疑心病重起来。她是这群女人里职位最高、收入最高的，业务能力比男同事更强，好车好房还有大笔存款各种投资，但错过了婚配的时机，最后在满四十岁的时候找了一个二十多岁的健身教练。健身教练搬进她的豪宅的时候，还带来了自己的爹妈。几年下来，因为没生孩子，家庭的气氛不断蒸发酝酿，发生着变化。

这一天，闷热，一场暴雨就要来临。在第一道闪电劈过办公室落地窗一角之时，娶了小丈夫的 Diann 忽然一声巨响恶狠狠地拍了一记桌子，说：“他妈的，老娘还没活够呢！”她是公司业绩最好的销售主管，从不迟到早退，从无病假事假，但她在这个上午拍案而起之后，下午没来上班，去了一家最好的律所。后来的某天，她豪气冲天地说：“老娘找好律师了，做过公证了，开过家庭会议了，老娘的肚子不疼了！”

当天的讨论后，Tracy 在朋友圈发了一张莫名其妙的外国美女照片，然后配文：我真是后悔自作聪明，这简直打开了潘多拉魔盒，开启了一场多么没有意思多么压抑的讨论，一场将本该亲密的人们的人性都置于最坏估计的讨论……

Megan 的朋友圈是那个著名华裔神探的照片，文字说“或许入错了行，耽误了天赋”云云。

具有哲人气质的 Jenny 发了一张左拉死在澡盆里的图并配文：人类的宿命不是在世故的预设中步步为营，就是天真地淹死在自家浴缸里……

Sofie 的方程式

Sofie，索菲，Sofie Yang，这是她给自己取的英文名字，现在所有的人都叫她这个名字，她那个充满富贵花香的中文名字已经没人知道，知道的她也早已不往来了。

Sofie 的女性好友们都得到了符合幸福方程式的生活格局：嫁了个收入不错、不算太老太丑的男人，有了一两个孩子，有房子、车子，时常出国或者自驾旅行几次，时常出席下活动和聚会，自己的工作也还可以……

Sofie 除了有一份使她疯狂忙碌的工作以外，几乎没有以上任何一项。没多少时间娱乐旅行，没有汉子孩子房子车子……Sofie 常常健身、做瑜伽，让自己看起来精力旺盛，一副谁与争锋的架势。Sofie 热衷加班，省得回去面对一个人的公寓。很长时间里，Sofie 供养着农村的父母，还有两个弟弟的生活，直到两个弟弟的房子都盖起来了，媳妇都娶好了，Sofie 才忽然觉得生活是自己的了，然而自己的生活里除了工作，几乎一无所有。

是的，Sofie 没有生活。她很时髦地找了个心理咨询师，每周去吐吐苦水；她也充分利用她那些在她面前颇觉优越，因而对她保持了一定同情的女性朋友，每次聚会，即放肆地向她们抱怨工作、抱怨失败的约会、抱怨她那个农村的家庭……不过好在没有人嫌弃她祥林嫂，反而都很热衷于听她的抱怨，大家在她的抱怨声中，愈加确定了自己对生活的演算完全正确，成功地按标准步骤解答了方程式。是啊，谁在她这个年纪，还在跟不靠谱的男人约会；谁在她这个年纪，还纠缠于成年的兄弟们不知餍足的各种要求中；谁在她这个年纪，还在像学校刚出来的年轻小孩儿一样发疯地工作……

直到有一天，Sofie 忽然发现，自己已经是公司的 MD，最年轻的 MD。这家庞大的机构里，从一个新职员开始，她几乎已经升到了链条的顶端，而且还是带着最大的团队，占着最大的市场份额。当她可以把她相处愉快的年轻下属们随时抓来陪她加班、陪她午餐、陪她出差……她忽然意识到，或许她达不到幸福标准方程式的另一端，但她完全可以跳出这个框架，换个角度感受自己的生活。

她没有房子，但在这个都市里，她住在最好的地段最好的公寓里，几步之遥到公司所在城中最好的写字楼；她没有孩子，但她有自己还算能获得乐趣的工作，并且相当成功，她的女性朋友们无法和她相比，甚至男性熟人们也不能相比；她没有丈夫，但她刚刚过了四十岁，她对别人的意见已经不敏感，她随意地和年轻的男下属们聊天玩笑，呵斥他们做事情，让他们前呼后拥陪着她进进出出；她想去哪里就飞去哪里，想做什么就做什么；她有时候也交往一两个帅得一塌糊涂的小男朋友，比如新的健身教练……

偌大的办公室里，Sofie 站在落地窗前，仿佛站在世界的顶端，看着星罗棋布的楼宇，接过秘书端进来的咖啡，心里想：算了，那条方程式演算不出来，能有这条算出来的，也不错。

二〇一四年十一月

一个夏天

一场周期性的关于年龄的焦虑，应该说是近乎恐慌如期而至，人往往容易自诩非浅薄之人，可这种时候，就原形毕露，不过是个会老的血肉之躯，不过是个不想老的庸常之徒……总之，心情不好，很不好。年华溜走的时候，一切以往不挂怀的，都变作了遗憾，觉察不可回返的光阴被残酷地虚度，用来焦躁的当下这一刻也仍在被空掷……

我不想给自己找借口，可我想，我的确是在一种混乱的心情之下做了糊涂事，才会忽然迷恋上这么一个陌生人。与其说是对方的魅力使这场迷恋如此不可遏止，还不如说是混乱的心情需要这么一场迷恋来宣泄。

我勾引了他，女人勾引男人，势均力敌的情况下，并不需要采取什么证据确凿的举动，不过是觑得机会，让两个人相处，然后，在这样的互动中，友好、从容，展现良好的一面。一场对于自我的演出，本身就是追求，节奏恰好，距离总会越来越近。

我躺在那里，听到他的赞美，忽然觉得缠绕了我许久的焦躁如潮水般慢慢退去，我似乎又是我了，那个不怎么被男女之情左右的人。于是就觉出了自己的不妥，当然，不妥是一开始就知道不妥的，可人的感觉就是这样，一定要肚子不饿了，才忽然觉得暴饮暴食似乎很不明智。

他大概正准备开始一场有趣的fling，而我倚在他肩头，在琢磨如何终止这场不妥的勾搭。洁身自好了整个青春岁月，到这时候来个“晚节不保”，实在可恶，就像那些可鄙的中年男。我的人生美学，一时间通通回潮，全大力地拍打在自己脸上，晕眩和自我嫌恶让我很长时间里整理不出思路，不知该如何行动。

于是，这场不伦的关系，持续了整个夏天，直到冬天，她才算彻底把麻烦解决掉，将这个男人清理出了生活。清除的手段很不高明，对方完全觉察了我的不耐烦和彻底的不动情，于是恼羞成怒，幸亏还不至于动手，不过是说了很多难听话，之前的溢美之词全部翻供，被从头到脚地苛责羞辱一番。这是败笔，本应该能做到优雅告辞和从容退场的。

他说你以为你是个什么东西的时候，也就再没有交谈的必要，只剩下各自转身。其实，我们很多时候需要的并不是性或情，而是一剂麻沸散，暂时压制一下我们对命运的绝望。至少对我而言，从男人那里并没有什么值得得到的，不过似一杯酒，在极其疲劳的夜里，能像药引子一样，让紧绷的神经和身体变得麻木一点，好让揪着心脏的疲惫找到一个出口，慢慢散去些。

痛定思痛，总结了经验教训，我想，人总要自律一些的。下一次，等再觉得被青春抛弃、被焦虑压得喘不过气的时候，或许我就应该休假，应该远行，应该去上一节芭蕾形体课，而不是无事生非，计谋一场艳遇，再莫名其妙地终结。这是此次错愕行为的教训，成功经验也是有的，就是如果还有下回，要如此无可抑制地干蠢事儿，那么，对象还得是这样一个眼眉如画、高高鼻梁的男子，否则如果一时饥不择食，事后想起来，岂不加倍地懊恼。

算了，还是不能再犯，终究时间久了，如画的眉目会淡去，但那些刻薄的言词则回荡得更长久，午夜想起，不好消受。难怪男人喜欢的女人，通常也是要样子好看些，脑子和嘴笨些，这样，甩了之后，一一想起年轻时候的风流债，时光氤氲之中，就是一册十二美人图，颇可赞美青春，却不是一部有哲学意味的谏言，以供自我解剖。

乙未冬夜

于浦东寓所

如此三生

@
海 公 子

如此三生

张老太爷寿终正寝了，堂下陡然开始狂嚎的几个儿媳，个个松了口气，哭得酣畅淋漓，心里很痛快。

老太爷少年时候跑了媳妇儿，后来自己当了官儿，又取了妻妾，生了几房儿子，给他们娶了媳妇……支起偌大的家业，使着雷霆手段料理一众人口，似是要把自己年轻时那口闷气全吐在这上头。

尤其是对几个儿媳，那就是捧着圣贤的书还有累世写给女子的诫言来张目的。几个儿媳被他管得战战兢兢、动辄是咎，其间休过一个，板子打了病死过一个，续娶的又因难产没了，老太爷不让医生给看，孩子被产婆拉出来的一只脚还在动，女人就没了声息……反倒是对几个儿子，稍纵容了些，课业功名督促着，外头乱七八糟的从来不过问。

老太爷只觉自己忽忽悠悠就来到一处昏暗殿堂，幽幽灯火，殿上不知几品着红袍的大官对着他训斥了几句驴唇不对马嘴的话，就打发了他。

随密密匝匝的人往前去，到了桥边，看人人都从个老妪手里接过汤碗，老太爷终算是明白了，自己这是死了，要过奈何桥投胎去了。老太爷不乐意，他心里存了几十年的一句话，还等着找那个喜欢嗤嗤笑的女人问上一问呢！

身上衣服裹得厚实，老太爷一面想着儿子还算孝顺，一边把汤水暗暗都倾在了衣襟里，就这么慢慢踱过了桥头，他张望着，琢磨着，想着怎么着儿才能寻到那女人的去向……

大梦方醒，老太爷奋力吸着奶水的时候，看见那个女人低头冲着自己，又在嗤嗤地笑了……

这女人这一世又在半路抛了她，不过，这次不算她不厚道，一个孤身女子如此精细地养着个没用的丫头，养到了十三岁，城里起了时疫。这一带弄坊密布，皆是穷困腌臜的贩夫走卒，从外地来讨生活，聚居于此，屋檐抵着后墙，茅房挨着井口……

死了这么多人，每天有车来拖尸首，可这十三岁的小姑娘却活了下来。她又不知道那女人从哪里来，可还有家人丈夫，坊口的门总关着，她既出不去也无处可去，就待在这一间破屋底下，纵使上辈子颐指气使了一世，可这时却全没办法。她饿得昏沉沉之际，隔壁的癞子给了她一碗浑汤，她还在喝的时候，那癞子就爬了上来，扯下她的裤子，剧痛间，就昏了过去，醒来时候，癞子便又上了她的身，抽插不止……

夜里，被逼着吃了几口冷馒头，她想不出该怎么办，想想不如死了吧。可那癞子精滑，料到她要寻短见，防得密不透风。后来疫情稍退，又来了两个平时跟癞子一起混的，三个人拿这小姑娘取乐泄欲，又轮着看守。

没多久，无数的人涌进了空寂下来的坊里，又把这里填得满满。癞子几个并无生计，便琢磨出个刻薄办法，这坊里多是作苦力的单身男人，平时在外面奔忙，晚上在这里残喘，难免想女人，可哪有那个钱财去销金窟里快活。

于是，癞子几个把那母女住的破屋收拾了一番，屋子里原本的物件早被几个人倒腾换了吃食和赌资，说收拾其实不过是把残墙都堵上，却偏偏在正面留一个方孔，又在阴湿的地面上匀匀铺了层稻草，铺上卷破席，然后放了串儿小羊角鞭炮，就算开了业。

这女娃不过才十三四岁，但从小养得好，清秀匀停，又被几个人这一向操弄，竟有了几分媚态，早看得坊里那些粗鄙男人心痒得不耐烦。癞子他们又逐次拐来个寡妇和一个寻亲的大姑娘，也一并锁在这屋里，一人一卷破席。

五个大子儿一回，一个子儿得在外面往洞里看，可看个尽够。这就是人间活地狱了，她便是连解手吃饭的时间也几近没有，几乎就再没有站起来走动的时候，再没穿上过衣衫。仰面躺在污秽的草席上，常常一口馒头下去，下面如狼似虎地一冲，她就又都吐了出来……

不过半年，就得了花柳病，浑身烂得不成人形，脓水把身下的稻草都浸透了，才总算断了气。

老太爷这叫一个冤一个怒啊，什么嗤嗤笑的女人，早被他忘去了爪哇国，他就想着等见了阎罗，好好把他的公堂闹个天翻地覆。

可这回，他没见着红袍的大官，直接就又来至了奈何桥头。其实老太爷恨不能把这辈子岔出来的这档子懊糟事儿赶紧忘个精光，但当那碗浑浊的汤水递到他眼跟前儿的时候，他就立时双腿打抖，眼前全是那癞子淫邪的眼光，无论如何不能喝得下去，汤水全被他抖进了忘川里。

这一次，老太爷来至了一处风流富贵的府邸，家里只得他一个孙子，爱如珍宝。可这少爷却也叫人好不丧气，长到开蒙，无论如何心不在读书上，只是喜欢跟一众姊妹成日玩耍，不愿出府，不愿见外人，尤其不愿见男人，连自己的父兄也是不愿见的，见了留着胡须身上有汗味儿的，更是脸色煞白，转身即走。

原本以为可以如此一世快活逍遥，谁承想，不过到他十四岁，家里牵涉了大案子，落得个满门抄斩，少爷也跟着人头落了地。

他锦衣玉食的长了十四年，没人给过他气受，他眼里不揉沙子，见不得一点儿不干净的东西，眼前只许有清灵灵神仙一般的姐妹，过着逍遥自在神仙一般日子。

老妪的手在汤汁里搅了搅，递给他，他瞥见那锅那炉那汤勺，都黢黑油腻，不知多少年头没洗过，这汤就又无论如何喝不下去了……

老太爷忽然间心神俱疲，再也不愿往前半步，他跪坐在桥头，犹如一块不动不语的石头。河水涨了又退，一缕本该飘荡如烟气的魂魄却在桥头不动如磐石……

他不动，却阻了无数需从此经过去往来世的幽魂，红袍络腮的大官翻着案头宗卷，嘎嘎怪叫，斥道：本该又是金榜题名、白衣卿相的大好一世，他竟不要，既如此，他爱做石头，就叫他去做块石头吧……

汪洋边的一块礁石，无知无觉，任凭惊涛拍来，亿万年……

后记：读聊斋《三生》，亦画写一三生，不过三生之后，便化顽石，不托人形……第一次转世部分情节改自明末小说《玉闺红》，残了半部，恰因残了据说大团圆的结局，反倒是个好故事，那是看过的最暗黑的故事，命运有时像个无底洞，可以一径往下再往下……

二〇一四年夏

于上海

美男生子

明末张岱墓志铭即曰："好娈童亦好美婢"……倘若没有家国破灭，宠几个美人儿，享尽人间好福气，真是快活。

话说清朝初年，时任福建总兵的杨辅，便是一大得意之人。杨大人的正妻不仅出身名门，才貌双全，还夙有智勇，夫妻好合，且杨大人处理军务也常常得贤妻辅助。

虽说杨大人家有贤妻，随军却又带着个少年男子，但杨大人可绝不是那些拈花惹草、脑满肠肥的恶俗之人，人生得高大威猛，人品也堪称正直。一不沾染军妓，二不出入烟花之地，一面对正妻颇为敬重，一面对身边这貌美少年也颇为长情；从十四五岁开始带在身边，出入不离，山南海北的，到如今已然是二十多岁的青年。

且费些笔墨单说说杨大人这娈童，说起出路，又需扯出另一段故事。当年杨大人有一同僚，乃急色之人，却偏偏发妻是一悍妇，善妒。这同僚好不容易熬到头发花白，家中悍妇一蹬脚先他去了。只听人说扬州多瘦马，不待给发妻下葬，就巴巴从京城赶去了扬州，托人四处打听，自己也满世界地一家家马不停蹄地相，一定要挑个一等一的雏儿。可相来相去，总有这样那样合不上法眼的，不是矮了半分，就是胖了一分，总比不上诗赋里那东邻之子。此位先生苦了一辈子，这次是下了决心的，无论如何，得把这一辈子找补回来，也好向那些一贯嘲笑自家的同僚们炫耀炫耀，出门时候是连棺材本儿都带上了，不论价高，但求貌美。

这一挑就是三个月，眼都直了，心也快凉的时候，托的几路人里有传来了好消息，说有一从未见过的绝色，包君满意。将信将疑地跟着寻上门去，是一妇人，言说要改嫁，夫家不肯她带着个拖油瓶，又是个女儿，将来也是白便宜别人家。这姑娘十四五的年纪，偏偏这娘狠心，自己要嫁人，也不说好好地寻个人家把姑娘打发了，却存着卖女儿的心，既可清清爽爽去嫁人，还能给自己备上一笔私房。

待这老先生一看那姑娘的模样，顿时是老泪纵横。话说哭个什么劲儿啊，不满意就走人吧。原来却是激动的，姑娘太美了！小户人家的小姑娘，竟生得是天上地下都没有的眉眼儿，身段儿更是娇柔得让人心碎不已，加之觉得姑娘摊上个狠心的老娘，更是心疼得不知怎样，那婆妇还在絮絮叨叨，卖牲口一般述说自家女儿的诸般好处，认得些字，会谈扬琴琵琶云云……

老先生哪里还听得进去，恨不得一时二刻就把小人儿含进嘴里去。那边妇人胡乱开了个天价，只等这买家无论如何也要压去十之八九，哪知这老头儿价也不还，只急着脸红脖子粗地要领人出门。

好不容易签下字据，又请中间穿线的和保人吃了顿酒水，挨至晚间，蹿进寄宿的客房内间，二话不说，只把这如水一般的小人儿压在身下，“上下其手”，摸得是呼哧带喘。却说这丫头浑身上下的皮肤却也是如玉似水，无一丝半点的瑕疵，那老手蹭在上面，从上到下地一通刮，就已是人间极致的福气。老先生心下得意，觉得就凭这，银子没白使，这晚福是定定地享着了。

于是进入正题吧，一摸上边，淑乳？木有……老先生琢磨着，姑娘年纪还不大，平日里她老娘八成也不舍得给啥好吃的。现在总是跟了自己，鱼肉果蔬地好好养着，看这修长的身量，就算不是浑圆肥满，也必定能有些货色。失望之余，鸡爪似的老手又往衣带下扪去，一扪扪得个心惊胆颤，一口凉气，差点儿背过气去。你说怎的，竟然就是一条鸡巴两个蛋，全副的家伙儿，一样不少，连毛都已经长出了不少。这老官人气得是怒极攻心，不知如何发作。一个大耳刮子下去，把个小人儿抽得翻了半天白眼说不出话来。

老先生这边高声叫骂不断，手下更是没头没脑没轻没重地往小人儿身上招呼……客栈的伙计本想在门外贴个耳朵，听点儿脸红心跳的动静儿，只当宵夜的。如今听着动静儿越发的不对了，赶紧拍门喊人。待一通混乱之后，好不容易把几乎得了失心疯的老先生劝下来，旁人又哄劝了几句不住嘤嘤哭泣的小人儿，细细问过。

却原来，这是个儿子，这老娘端的狠心，闺女是赔钱货，卖了也就罢了，儿子她也不要，又觉得白送去给人作伙计什么的，捞不着几个钱，也想学人卖瘦马，可又没见识，不知这好相貌的少年作价无论如何也能是女孩子的两三倍，这有钱人家求都求不来。她只当必得是女孩子家才卖得出，想来想去，看自己儿子相貌端丽，身量也未长足，就动了这肮脏心思，给儿子梳头穿裙，逼着他日日在家捏细了嗓子说话，又学小姑娘走路……然后就托人在中间安顿，直把儿子当瘦马给卖到了这老先生手里。

等到天亮，一众人再找到这婆妇家中，要退钱还人的时节，哪里还寻得到人，早已人去楼空，没了踪影。

这下老先生傻了眼，人没得着，却损了大把的银钱，如今留着这少年在眼前，是越看越气。也是无巧不成书，这故事的正主儿杨大人正好扬州公干，酒席上听同僚们说起这坊间热议的好笑事由，不觉上了心。

却原来，这杨大人虽说和正妻在床笫之间颇是鱼水和睦，却自小有一种风流爱好，从小就跟身边一同戏耍的少年亲昵，早早间，就翻着春画儿，一起互相取乐，有特相好的玩伴儿，不仅情意颇深，成日地躲在什么旮旯之处，在这一事上也得了无数乐子。如今，杨大人已是壮年，偶尔看见街上戏耍的顽童，就想起自己那疲赖的少年时节，总是有那么几分念起那些皮光肉滑，充满着精气神的玩伴儿。

这会儿，听一桌儿的大人们都哧哧笑着议论这小儿如何的皎洁如少女云云，心下琢磨，他那厢如烫手山芋，我这边真是隔山望月……于是酒宴之后，就寻着去了客栈，只说听说同年在此，过来探访。看着这苦得眉毛都扯不开的干瘪老头，又瞧着缩在屋角眼睛哭得晶亮的小人儿，杨大人心满意足地跟老先生画着圈子最后画到了正题上。

杨大人也豪爽，绝无乘人之危的意思，原价儿，银钱一文不少地交到了老先生手上。至此，这少年便跟定在杨大人身边。平日在军中伺候大人起居，大人若回府，他也打点着一同回去。安安稳稳的就是跟在杨大人身边，白天是小厮，晚上是宝贝。杨大人是如琢如磨地可着自己心意地拿捏这美人儿，诸般乐子尝尽……

时间一晃即过，静若处子的少年郎一岁两岁地长成了长身而立、颇有英姿的青年。虽说已褪去少年柔软的模样，但这人实在是少有的相貌身材出众，年纪长起来之后，竟又别有一番美男子的姿态，绝不似人家收养的娈童那般扭捏作态，坦坦然的颇是静好，又是识文断字，精通音律，且人品很是端正……杨大人有他陪在身边习惯了，也不觉得这娈童竟已长得身量高过了他，仍旧是喜欢亲近得不得了。

这男子也知道杨大人厚道，又觉得杨家夫人也从不为难自己，自己的出身也没什么更好的去处，所以也不作他想，只当自己就是杨家的下人，伺候大人夫妇两个。

只是，如此齐人之福岂是寻常一武夫可以享到头的。如此一绝世才情的夫人，有担当好雅量，如此一绝世美貌的娈童，有风姿好性情……于是，必定是要出事儿的。

要出事儿，总会有端倪。头一桩就是个妖异的兆头，这娈童不知怎么，平日颇为强健灵活，忽然就茶饭不思起来，再之后，小腹竟一日鼓似一日，且震动厉害。十月既满前的一晚，正是皓月当空，风清云淡，杨府之内，大人宿在夫人处，而这十月怀胎之人一人独眠，本以为一切如旧，无梦至晓。这夜却怪梦连连，之前的已然不记得。只是快醒时分，见一神人，身高数丈，从云端幻化出来，手握一金灿灿之锋利匕首，降至床边，腹痛之人在梦魇之中，是喊也喊不出，动也动不得，眼睁睁看着神人将匕首探入他两肋之下，顷刻间，左右各一刀，就顿时巨大之婴儿啼哭响彻屋宇。

床上之人一个激灵醒了过来，神人已不知所终，歪头定睛一看，竟然就是左右肋下各有一名初生之男婴，且剖痕俨然，尚淌下淡淡血水。

众人无奈，虽诧异，也只能好好将婴孩养起来，起名一“天舍”，一“地予”，意其来得蹊跷，无端无由。哪里有男子竟生下孩子，且是出自肋下的，必定只能算在天地身上，不然就真妖孽了。

这第二桩，就是时运不好的过儿了。赶上康熙帝十二年议撤藩，吴三桂似有异动，不久就叛了。闽抚蔡公不知怎么就疑心杨辅也有图谋之心，就定下计策，编了个其他缘故招他去。这杨大人不作他想，就准备去拜见。杨妻却心下了然，知道事情要不好，极力劝阻杨大人前去。然无论怎样劝说，杨大人终觉得何至于，定是妇人多心故。杨夫人只得流着泪送行。送走了杨大人，立即回至军中，发出令箭，传下命令，令诸将预备。这杨夫人一向果决，又有马上功夫，杨大人练兵，也常常是夫人指挥若定，在军中夙有威望。于是全军戒备，杨夫人浑身披着铠甲，手中把着长刀，肃然端坐帐中，只等噩耗传来。

果不其然，只顷刻的工夫，杨大人被诛的消息就传了回来。夫人心痛欲死，稍稍振作，便带着人马去为夫报仇，把蔡巡抚围了起来。这蔡公是吓得屁滚尿流，不敢出头，好在府里有足够人马，硬是把夫人挡了回去。夫人见敌强己弱，只得先退了下去，以后再作打算。夫人这边一退，这蔡大人立即一身戎装，冲了出来，率众叫嚣作勇猛模样，徒惹得坊间传为笑谈，讥笑这蔡公被个小脚女人吓得几乎狗急跳墙，仗着人多，阻退了人家，又出来装模作样。

这蔡公，被杨夫人吓了一场，不多久便暴亡了。据说，死前，不单单他自己，身边士卒皆看到了杨大人满脸杀气，抄着兵刃杀将进来，吓得蔡公当时就蹬直了腿。

杨大人夙来声名不错，在同僚中颇吃得开，于是许多人心下多少有些可怜杨大人撇下家中发妻和美人，就这么无端端送了性命。酒席之余皆叹息：“呜呼！其鬼虽雄，而头不可复续矣！”有些不体面的，无事就也会说：“生子之妖。其兆于此耶？”纷纷议论说这娈童生子的妖异恐怕就是杨大人身首异处的发端了。

而杨夫人后来反上山头，带着人马自立为王，再后来又接受皇帝的招抚，归降了朝廷，受了封诰赏赐，也算风光体面。

至于说到那古今未见的美男子，又是怎生一番演练和故事，便无人知晓了。

后记：二〇一二年初，夜读聊斋，合两篇故事《男生子》《男妾》改写故事一则。

赤裸裸的报复
——和《聊斋·章阿端》

一生姓林，自诩非庸常。乡中富家因多有女眷死而售鬼宅，生不听妻劝购此宅，举家迁入。宅中鬼乃富家子，风流倜傥，生妻见其面目美极，如画中神仙，心生情意，后随鬼迁居藏书阁顶，闭塞户牖，杜绝出入，日夜相狎。富家子于阴间有一知交好友，颇有英武之气，常来藏书阁谈经论道，生妻生于世家，亦有文采，于是二子连床，三人写诗作画、饮酒下棋，夜夜缠眷，好不快活。

又有一早年恶鬼，已盘踞此巨宅几百年，生前是一乡中恶棍，专欺凌弱小，乃花柳病恶疾暴亡，作鬼经年，却仍浑身溃烂不止，所过之处，腥臭之液满地。然此鬼体格庞大，性喜南风，却独惧妇人。原不敢逼近作乱，如今见生落单，遂于一夜入室，生正睡梦中，被此恶鬼压在身下操弄，恶浊之液遍体，完好体肤沾染便即刻溃烂，恶鬼秉大凶器，尽夜方去，生下身血流如涌，哀嚎而亡。

因执意以低廉之价购鬼宅，魂灵为鬼宅所囿，脱逃不得，仍夜夜为花柳恶鬼所凌辱。月余，便染上鬼疾，鬼之死，非比人死，人有气，死时不过一口气散，鬼则已无气息，死时所受煎熬非比寻常，乃如每一寸白骨受碾压碎裂或烈火灼烧，因痛苦太甚，不堪忍受，魂散而亡。

人死则为鬼，鬼亡而作聻。鬼本惧聻，然恶鬼邪气冲天，哪里怕这一只新聻，不过是继续侵扰，生无以为计，只得依附，与恶鬼做起了夫妻。一鬼一聻，俱有恶疾，腥臭不可闻，溃烂不成形，生亦自惭，躲于室内不出，任凭恶鬼随意出入，以他取乐。恶鬼一旬一至，每一至，生便伏卧于榻上，六七日起不得身，偶有仆婢掩鼻于窗外窥探，见凄惨之状，仓皇逃窜……

当日学中好友谈及生，均笑问：不知其于壮鬼身下销魂时，尚作诗否？

二〇一五年一月底

电梯情人

燕华知道这男人来路不明不白，他说住在顶层，可是他从没叫燕华上去坐过，燕华也不知道这男人因为什么找上她，可心里也不想去探究和揭穿。燕华喜欢和他一起做饭，一起过夜。男人结实健美，穿着体面，脾气又好，人也有趣，每次来都拎着最好的超市买来的最好的食材，常常送一些他说到国外出差带回来的礼物，无非饰物箱包化妆品等总总讨好女人的东西……

在这之前，燕华早就绝望，觉得自己是不可能再遇到一个体面男人了，那些青春期幻想的优秀男性，更是笑谈。有时候自己想想，也不知道怎么错过的，从二十几一下就到了三十几，不过换了两份工作，薪酬翻了两番，其实算算物价涨幅，实际上没啥长进，就是租的房子上了一点儿档次，衣饰置得勤了些。

可有时候想想，依旧一无所有，父母离异，早就各过各，没人管她，祖父母外祖父母都过世了，没人惦记她。

她像个孤魂一样飘在大城市里，没有亲人，没有故乡，没有丈夫儿女，什么都没有。单位和同事随时都会变换，也有些同性的友人，可渐渐地，人家也都结婚生子，况且本来也只是不疼不痒的所谓闺蜜。

燕华不讨厌加班，下班的话要么跟同事聚餐，要么去酒吧喝一杯，也偶尔有那么一两次短暂的情缘，但没遇上真像样的或者真有意愿和她深入交往的，也考虑过找个老外，然而心底里对那种真正的伴侣关系又仍有向往……所以大多数夜晚，总要一个人回去面对冷湫湫的屋子。

她和这个男人是在电梯里碰上的，遇上好些次，有一天那男人挑了个燕华最觉得孤单疲累的夜晚敲了她的门，拿着条丝巾，说是刚刚她掉在电梯里的，然后又指着客厅里的CD架，说你有很多碟片啊，借我些看看……反正燕华完全忘记了她那天出门根本没戴丝巾，跟着男人坐在CD架前的地毯上，聊了几个小时的电影美剧音乐……聊着聊着就倒在了地毯上，都没给那男人再捡一回丝巾的机会。

她住的这栋楼户数不多，电梯数很充裕，住了好两年，跟哪个住户碰上两次的机会都屈指可数，偏偏跟这男人碰了这么多次，倒是他俩在一起了，就只是这男人上门，却再也没在电梯里碰上过。燕华猜想过各种可能，骗子变态等等，可接触下来，似乎也不是。男人不提任何关于家庭或两人关系的话题，燕华就不问，她最终想可能人家有家，不过是闷了，她纵然觉得不光彩，也不愿意戳破，有个知情识趣又有几分风度的人作伴总好过一个人发闷或者和那些奇奇怪怪的 jerk 对付。

然而大概人的理性对好奇心的压制往往就是要等着功亏一篑的，就好像聊斋故事里，鬼妻终于要血肉丰满变成生人的最后一晚，那个守了三年，发过誓绝不偷看的男人偏偏要在夜里鬼使神差地点起了蜡烛。

他们相处了一年半之后，终于有一天，燕华在那男人从她家出来坐电梯上楼后，飞快地冲进另一台电梯，她到顶楼的时候，另一架电梯也确实停在顶楼了，里面空着……后来她去物业问了，顶楼没有住着这个男人，她花了工夫调了视频，那个时间，只看到她一个人冲进了电梯，去了顶楼……

那男人至此就没有来了，燕华不停地后悔，后悔了很长时间，她猜想说不定两个人本来可以一直在一起的，他那么好。

她不甘愿妥协的，实际上，连真正可以妥协的机会也没有遇到，单调的生活里碰不到什么可以考虑婚配的对象，一年年就又过去了。她总琢磨这个男人跑去哪儿了，便宜了哪个都市寂寞女……她一个人看美剧，一个人做吃的，一个人去采购，每次进电梯，都带着一种莫名的期待。有几次电梯刚打开一条缝，瞥见里面有个男人，燕华几乎要痉挛起来，然而从无例外地终结于痛苦的失望，然后神色颓丧地站在电梯里。

附注：《都教授和女聊斋》

写以上短文时正值《来自星星的你》热播，所幸是时代变了，娱乐除了献媚权贵，更要讨好大众，这次终于不是千篇一律的女鬼,而是个来自外星球的男外星人。按“鬼”的宽泛意义，正是的的确确一只上好的男鬼，只为这一个孤单无所寄托的都市倒霉女人而生。有时消失，有时偏偏又来了。与人气相接，一下子就那么虚弱……

科举时代，有许多会阅读会写作的郁闷的男人幻想苦读的夜里走出个女郎或者误入一处繁华的别业度一夜春宵；现在，有许多找不到合适婚恋对象的无奈女性需要一顿十全大补的剧情来鼓舞快乐一下自己。

聊斋一类的故事恐怕从隋唐甚至更早开始，其中最为典范的就是男性文人特别是科举制后举子们的消遣之作。他们在赶考路途中、待考和温习过程中、考场失意后的彷徨中……以幻想解闷，幻想中有对苦闷、孤独、压抑的心灵疗法，更有对种种无出路和困难想象出来的出口和奇迹。

有一本《女聊斋志异》，它不过是一个崇拜聊斋的有写作能力的女子仿制聊斋的作品，其中虽然记录了许多奇异事迹的女性，但并非按现代“女性主义”的思路唱出什么新声，以女子角度发些想象以作为《聊斋》的女性视角的对仗和续写。如想象一个俊逸的男鬼出来聊解一时寂寞，或者仅仅譬如《牡丹亭》一样，想出有王子、骑士把长发的被幽禁的女子从高阁上解救出来。

而讨得都市女性们欢心的《来自星星的你》，倒的确可算是一本顺应社会需求的“女聊斋”和“新聊斋”。都教授其实就完全符合聊斋翻转，是现代版的，都市版的，而且是写给女人、符合女性心理需求版的。

戏里的“都教授”尽管具备了许许多多美妙的特点，人物性格却是个隐隐绰绰不甚清晰的玩偶，用来放在都市待嫁女的手中摆弄。他拥有一切资源，却温润含蓄，做女人强有力的后盾，但却是把一个挫折的职场女扶起来的支助者，并非通常意义上一个“第二性”的弱势女性渴盼一个帝王将相，或者一个有权势的官二代、大总裁什么的莫名其妙的强势垂青。

都教授是这个世界的过客，做好随时要离开的准备，不求俗世的富贵功名，小心隐藏自己，像聊斋里的女鬼一样，并不属于这个世界；也不接受这个世界的标准规范，因此如此的纯良，有着俗世男子都没有的纯良，好像婴宁；他没打算爱恋和驻留，实在是就这么姻缘巧合遇上了，于是生出了“进入”这个世界的心，好像本来一心求转生的孤魂，枯骨付了血肉，终于能和人世间的爱人相守。

以此说来，《来自星星的你》如此讨人喜欢，绝非因其肤浅和一般意义上的“童话式”剧情，而也许恰恰是它可称得上一本真正的“女聊斋”，女子不是幽幽而来只求一时荐席的女鬼，也不是充满气场的强势者的独宠，而是被一个隐约的温婉的美好的男鬼糊里糊涂捕捉和眷顾的、在都市灰头土脸谋生的女性。她优点不多，缺点不少，草根出身，势必成功，似乎虚弱肤浅，跟一切这时代的女子一样，其实又如此地需要被爱也应该被爱……

二〇一四年五月

新海公子

二十几岁的时候，我对生活里的大多数事情都很有热情，生活叫我喜欢，喜欢漂亮服饰、喜欢美食享乐、喜欢聚会出行，学过钢琴、古琴、古筝、笛子，学过日语、法语、韩语还有德语、越南语，也一样喜欢阅读、喜欢写作，甚至写诗，喜欢观察和思考，想要勘透世间的真谛。常常一来了兴头，就带着本书钳着个包，出门旅行去了，好像整个世界都是随意可以临幸的，只在于我去或是不去。那时节我热爱生活，没有预料有一天曾经一切叫人激动的东西，都终会一点味道都尝不出。过往的那些劲头，就这么散没了，唯一留下痕迹的，是一桩真正的奇遇。

那一次，独自出行，住到个房间不多的精品酒店，地处偏僻，客房都标为海景房，虽然只是个极辽阔的大湖，湖边居然也有陡峭高耸的岩石。酒店建在岩石高处的平地上，露台一出去，就悬到了湖面上，下面是笔直的岩石立面，状似悬崖。后来与服务员闲聊才知道，酒店所处，其实本身是一座平顶山形的湖中岛屿，离南岸近，被填了一块堤坝连到陆地上。周围多是荒地，没有居民，一个村子在水北面的平原上，这片地方，就这么一座酒店，大概风大，土质又坚硬，高大的树也没有一棵。

来的人少，难得没有地方上一般酒店那种浓重的烟酒气，海风，不，是湖面上的风吹来，逗得白色纱帘轻轻荡开，又被吸纳出去……写完了流水账似的旅游日志，到湖边去散步，据说有个小景点，是块古代刻石，当地人也说不清什么时候的，只说是老早之前了，退潮的时候就会露出来。正是农历十六的子夜时分，月色充溢，周围亮得一塌糊涂。

在别人指点的位置，来回走了几趟，屁也没找着，倒是水边的石缝里月光下一闪一闪，不知什么东西反出五彩的光。摸到跟前，一块像贝壳又像云母的石片，透亮透亮，巴掌大小，像美玉，又像剔透的花瓣，漂亮得不像话……如尘世般五色迷离，勾得住人的心魂。不知道怎么形容，从来没见过类似质地的东西，学校教育出来的分类系统彻底失效。小心翼翼地带回来，在房间露台上一边喝饮料，一边借着月光看啊看，真是上佳的旅行纪念品。

水面上雾蒙蒙的，空气也很静止，有一阵觉得好像打了一下瞌睡，再睁眼，看见有个白衣翻飞的身影，乘着水气，蒸腾着就升上水面，趋近了露台，然后就大眼瞪小眼地被一双漆黑的眸子瞧着，看了也不知多久，也不知是不是因为这双眼睛看着太有情绪和生气，我好像也没转到鬼啊神仙啊这类念头上去。

我那时还没谈过恋爱，虽一贯自诩成熟实际还处在少女一样幻想里，在真的人情世故里，是个笨蛋。这男人披着一头漆亮长发，面色比我还明亮几分，那相貌比任何一个古装片里的男明星还要接近女人的想象。被他这么一径盯着，靠得又如此之近，我满耳都是自己如雷的心跳，你还能指望我有啥颇具风度姿态的反应？不过傻了而已。

良久，他问："你待如何？"

什么我待如何？我有些慌了，慌不是害怕，而是在美丽的异性面前，女孩子的面子是多么重要。这种很有质感很有神秘感的打机锋，完全张不开口，对不上一句半句，太丢人，好像因为人家漂亮，话都不会回了，根本不该是我这种惯有主张又潇洒的个性应该的反应。

我气得只想弄死自己，血都冲到头顶了，才问了句："怎么啦？"

这男的，眉头似乎瞬间蹙了蹙，又开始盯着我看，这回的看法换了，具体也形容不清，只是好像有种感觉，他的眼光探进我的心房，不耐烦地，却很深入地摸了一把。等他摸完，我们原本是陌生人的，忽然间就成了那种故事里形容的，关系有些无奈，但彼此实在太熟悉的老夫老妻。

事情很奇怪，从那一刻开始，我们真的很像老夫老妻，他因为什么不得已的压力忍耐着我，不愿翻脸。我的习惯爱好，他样样知道，也隐忍地配合我所有的需要，互动无障碍。不过跟一般老头子看电视不同的，他与我空间共存又隔绝我的方式，是坐在廊下横吹一管玉笛，月色当空，清景无限。

忘了说了，不管我在哪儿，他都能在正确的时候到来。所谓正确的时候，就是我一人出门在外的时候，不管旅行还是公差，或者我被抛弃的时候，或者男人出轨、吵了架离家出走的时候……总之，我心里觉得寂寞或者无依无靠了，他就来了。

我也搞不明白，他一副公事公办的样儿，是为啥，我似乎也没纠缠他嘛，虽然按我们两个的外形条件，只像是女追男。反正以如今的行情，我这样工作尚可、相貌尚可、教育尚可、家庭尚可……样样似乎都尚可的女人真是大中小城市的盛产，满大街都放量式供应着，而他这样的男人，不要说没见着过，实在想都没想着过。我最花力气的幻想，也不能具有这样的奇幻色彩，不过一味在幻想的情境里设置，啊，这次的男主角一定是绝色，但怎么个绝色，从来也具体不起来，直到见到他。

我想他大概就是我的“田螺姑娘”，他不交谈，我也不肯多话，其实心里生怕水面一经触碰，或许幻象便从此消失！他每次来了，手轻轻触过窗栏，周围的空间忽然就变幻了，成了一间大屋顶的老房子，雕梁画栋，门外，是个半颓的院落，走下丹墀，荒草没径，有一处小轩，边上是棵雪松冲天而起，远处圈着院墙。你总觉得门户就在某处，却永远也瞥不见。

他就坐在廊庑之下，安静地扬起笛声，不知为什么，不管我们在哪儿，他的笛声里，似乎总荡着一种幽幽的、夜色里海面发出的声响。

他神情莫名，又像幽怨又像无奈，似乎又夹着几丝恨意，起初也想问他些什么，可是他那漠然又分明克制着什么的面色将人隔得老远，我就觉得本来就堵着的心，与他说话，恐怕是更要不通畅起来。反正无事的时分，他愿意来，愿意吹曲儿，那就随他吧。

当然，我跟他的相聚，并不只是他垂腿坐在屋檐下吹奏笛音而已。我是个极其懒惰的人，在我没回过神儿，指使他帮我递过东西取过东西以后，我发现他极好役使，基本就是叫他干什么就干什么，于是事情很快地，发展到了他默不吭声，干了所有可以替我干的事儿。

可也就这些，我们从不亲近，不亲近并不表示不可以接近，但我没有意图因为他总在这里，就要发展出点儿什么。我有我的尊严，就算我没人要了，一个人得孤独下去了，这年头，找什么不好找啊，我犯不着让自己的自尊心受委屈。不过就是个漂亮男人，你就是月里的仙子，海里的人鱼，又怎样。

倒不是咱不能倒追男人，可那也得是一个愿打一个愿挨，死皮赖脸，有啥意思，就算是男追女，这样也不上路，没品！

他的眼中似有水光潋滟，似乎最亲近，亲近得仿佛两个合成一个的感觉，似乎又无比遥远，遥远得好像下一刻就要天人永隔。

我渐渐觉出我跟他的关系有些病态，因为我感情一受挫，就预备着他的出现。尽管他又不是我的爱侣，可有人在眼前晃着，而且必来，像有只眼睛跟着你似的，风雨无阻，时间久了，无论如何都会有了依赖。

我有些生气了，一个人凭什么一句解释都没有，就这么探入你的生活，而且也搞不清他到底要干嘛，又没说好可以相爱，却莫名其妙有了一种牵绊。

这都十年了，我都一晃三十多岁了。我终于在某个昏晦的傍晚，做好了心理建设，对他说了句：要不你别来了，我也不知道你是谁。

我没预备他回头，因为除了知道我要他做事，那个也不用我说出来，他从来就不回头。这次他回了头，眼睛忽然雪亮雪亮地瞪着我，跟我是什么母夜叉活妖怪似的，瞪了我半晌，才冒出句：还我！

我愣了，还什么，我跟你之间有什么，初夜还是心肺，我什么也没得……他说："我被你役使经年，总可以还我了吧？"

我忽然累了，他在我眼里，天人之色的面貌也忽然失去了最后一重压力，我烦躁了，问他究竟在这里做什么，为什么来，又要我还什么。

他也愣了，继而焦躁起来，忽然又像恍然大悟、懊恼不迭起来。幽幽长叹一声，说："那块海边礁石下的鳞片，你不知道吗？"

我忽然就有想吐血的冲动，难道我被人误会了这么些年，以为我是耍无赖的牛郎，扣了东西不还，把人做了压寨夫人，不对，不是压寨夫人，是个抵了身的农奴？这算什么？哭笑不得，我真是连认也不认识你，你贵姓啊？从哪里来？敢问是人是妖？

书架里挤压着我在无数次旅途中带回的树叶、陶片、贝壳、木头、纸片、织物、书签、明信片、CD……甚至还有一朵废城池上长出的棉花。我从这些旅行纪念品中费劲地摸出了那块漂亮的、真的似他人一样清亮的石片，拿到廊下递给了他。

他就这么收起笛子，收起那石片儿，站起来走了，他曾经从高崖上纵身一跃，跃入水中，那姿势是如此难以形容的优美，最有天分的高台跳水运动员也做不到；他也曾飘浮在夜色里，像魏晋名士一样晃荡在奇诡的氛围里，直到跟水天融成一色；他也曾从石阶上走下，拐到树后，就没了身影……可这次，他用了最寻常的办法离开，直直地往门户走去，院墙上不知何时竟有了门户，他开门，迈出门槛，又体贴地合好门扉，回音消失的那一刻，一切幻境也随声而落，我不过是在自家的客厅里。

我后来一直也没找到合适的男朋友，父母老了，也没人管我。我在实在无聊的时候幻想过，那个夜花般的男子还会回来，把那块儿扁平剔透的石头或者鳞片做成了一枚坠子，送给我作项链，跪在我面前求我原谅；说曾经误会了我，可是在十年的相处里，才体会我是这世上最独一无二的女子；他恋恋不能忘，他要永远这么陪伴着我，陪我度过都市里特别苦闷的每一天。他要和我做各种奇怪的事儿，只有人类和神仙才可能一起做到的事儿，他还要在夜色里带我漂浮在水面上，荡漾在空气里，他发誓终身做我的奴仆，供我役使……他还会一点儿都不嫌我老，即使我在这繁杂的城市里几近一无所有，年华老去，孤独无依，一份无聊的没有多少未来的工作，心里泛起沉渣，不过是一些拿不出手、没有多少戏剧性、不轻不重、不咸不淡的情伤。而他偏偏就觉得比起我，其他女人都是海上的泡沫，只我，恰好飘到了他的嘴边。总之，我有了人陪伴，他再也不吹笛子了，不是听我说话，就是对我说话……他，一个轻灵的仙人，居然做得一手好菜，因为我只有吃美味的时候，才觉得心情是好的。

这样想得多了，我甚至幻觉那枚曾贴着他血肉的鳞片真的附在我颈间，午夜梦回，一摸却一手空。可他当然再也没有出现，生活里什么神奇都不再有，最大的神奇已经被我遭遇并消逝。白驹过隙，渐渐地总也就淡了，淡到几乎有时会质疑起自己的记忆来，觉得会不会都是幻觉和梦境。再后来也就不想了，还是上班下班，看些演出，有时候开车出去转转，出差的时候顺便会会旧友，放假就去旅行，人老起来很快，感觉不要多久就可以退休了……

以前还爱看看书，自从那个男子来过之后，因为笛音时时响起，我都是发着愣在听笛子，于是也就连看书的习惯都没了。而且他在的那些年里，有时整理散乱在屋里的书籍，无论多高深的书，总能叫他发笑，那也是他唯一笑的时候，那种根本连轻蔑都不屑的笑，嘴角那么微不可察地浮起一弯……他笑的时候，我觉得是配了台词的，空中飘过五个字："可悲的人类！"因为这样太长久的条件反射，弄得我也很轻蔑书籍，觉得不过都是垃圾，不仅书籍是垃圾，整个人类都是垃圾。

后来我觉得我已经忘了他，但不知哪天我也开始吹笛子，我收集了无数的笛子，从各个旅行目的地带回的各种笛子。我钻研了无数吹奏的技巧，我还会吹一些奇特的曲子，奇特是专家说的，他们说按音律，似乎是失传的古曲，可也没法落实。其实都是我听了千百遍，那个男人在黄昏和夜色里，垂腿坐在廊下吹的那些曲子。我自己学会吹了，才懂得那些曲子，是多么地需要技艺，多么地辗转起伏，多么地难以想象，真不该是人间有的，竟然被身为凡人的我听到了，而且现在还在吹奏。

我这时，才觉出自己的幸运，这曲调越听越美，越懂得其中奥妙，越无法不赞叹连连，简直是人世间可以聆听到的最神奇的声音。我再也没有如同惦念伴侣一样惦念过那男子，却觉得他留了什么在我身上，我总很亲切地想起他。因他从海上乘雾气而来，又穿着古旧的衣衫，翩翩衣袂，绝世佳公子一般，我心里想起他的时候，就总是称呼他“海公子”。譬如：哦，那就是海公子第一次来的夜里，离去时，边踏着清晨的浪头，边吹奏的一段儿，我姑且就叫它踏浪曲吧；哦，这就是海公子月明起风的夜晚最爱吹的曲子，就叫他清夜良宵吧……我胡乱地叨咕着海公子，胡乱文理不通地给每支曲子安着名字，想着海公子听了我的演奏和我起的名字，会不会又蹙起他风流的眉毛和凉薄的唇角……

后记：

社会学家看古典文学，说男性作家们的笔下，不会有女人碰上男鬼男仙男狐狸然后美好相恋的时候，看到《聊斋志异·海公子》，很喜欢这个名字，它让人可能生出些《山海经》里面缥缈的想象，有些古远，有些诡谲，有些虚幻，又有些亲近，好像久远的记忆……然而，总没有惊喜，纵使写男性的鬼怪妖狐，里面仍旧是个人间的男子碰上了女妖，欢好一场，待男妖总算出场，是个会寻胜翱翔的佳人，不，佳妖，在那么美的处所，把人缠了喝血，然后被人掏出一把“老鼠药”给药死了。如果前面无数男人艳遇的老套意淫并不足以让我有意见的话，这次，我确实不满了，随便你如何意淫去吧，意淫一万年，写下一万个遇到各种美女艳女女仙女鬼的故事，就把“海公子”留给都市里那些平凡、寂寞，也需要意淫的女人吧……

二〇一四年夏

小　幺

小幺从一个房地产经纪这些年也算做到了经理，也不用像以前那么辛苦，不用天天给自己做心理建设了。如今来看，工作也算体面稳定，逐渐地还接触些跟整个项目投资和设计有关的内容，她自己挺满意的。领导有时候有应酬，会叫着小幺一起去，小幺不嫌辛苦、不嫌麻烦，也不嫌喝酒或者被满桌的男人开些不荤不素的玩笑。

这些年，凭着特别灵活的脑筋、口舌，还有特别娇俏可爱的容貌，才有这些发展；因为领导喜欢她的好脾气好相貌又会说话，常带她去应酬，她才有了更多的机会。所以，小幺说服自己不生气、不抱怨。有业绩、领导喜欢、能升职、能加薪，这才是王道。

提了职、加了薪，交往了几年的男友本来一直没表态，这时候提出了结婚。小幺也很爽快，反正婚姻也是市场，讲求市场规律，自己市场价值有所提升，供需关系有一定改善，这是好事情，她同意了。

结婚前半年还好，结婚后半年，以前对小幺工作不太过问的丈夫逐渐开始对小幺发难，他说女人应该矜持些，有女人的样子。他不喜欢小幺这样随便、大大咧咧的德行，不喜欢偶尔听到的电话里那种互相打趣调侃的调调，也不喜欢小幺对着上司一副没骨头的低声下气怎么都行的嘴脸，更不要说小幺常常应酬、喝得一身酒气回来……他常挂在嘴边的话就是："你看看你，都成什么样子了？"

小幺有些不高兴了，她觉得老公嘴里形容出来的自己，太难听了，有些不堪入耳。而且要不是自己辛苦工作，能有这份收入一起买房还房贷，对男方也不要求这样那样吗？他一个本市户口能跟自己这个外来户结婚吗？你要女神，那你也得供得起女神吧？

两人冷战了很长时间，小幺才发现丈夫的性格有些恐怖的，不用吵架打架，他有各种办法心理上折磨对方，让对方不痛快，干扰情绪、干扰休息，看书、看电视、上网、做家务都不能得安宁……小幺一气之下出走了，自己事先找好了住处，趁老公不在家，就搬了自己的日用衣物之类去了新租的小公寓。

他这老公也很奇葩，小幺半个月不见人影，他也不急不找，不怕有个好歹，直到银行要交房贷了，才想起打电话，电话没打通，门却开了。看见打扮得极其迷人的小幺抱着束鲜花进来了，衣服很性感，妆容很浓丽，男的有些挪不开眼，原本要出口的难听话就收了回来。

月供交了，家收拾干净了，小幺向老公保证，以后不出去应酬了，一概拒绝，会用别的办法平衡，搞好跟领导的关系，绝不影响工作和收入。以前总说累，不肯做饭洗碗的小幺现在包了所有家务，男人天天都有大餐吃，小幺这手艺，长进可真大。

有一天，小幺在公司，被婆婆堵了个正着，婆婆一把拉住她，眼泪就下来了，说“小幺，你回去看看诚诚吧，他可想你了，我去，他就叫我赶紧走，可是我看着他一个人对着空屋子不停地说：小幺，这个，小幺，那个……吓死我了，再不行，要带他去看病了，小幺，肯定是想你啊，你回去看看吧。”

小幺心里哈哈哈狞笑了三声，想你们母子俩，也有今天啊。当初这婆婆三天两头上门，管东管西，虽然还没明着说她，但跟她儿子间的对话，全是刺着自己来的，一家人聚会，他们全家也是欺负她一个外地孩子，弄得她不仅仅是个外人，而且还是个被嫌弃的外地人。

哈哈哈，居然现在来求我……小幺心里笑了几遍，但也回过味儿来了，这男人，是个怎样自私市侩实际的人，天性凉薄，他妈他都不会想，还指望会想她。小幺觉得不靠谱，但也答应了，回去看看。毕竟，总避着也不是办法，不行就离吧。

小幺开门进来的时候，只来得及看见那男人正坐在沙发上边看球边向门的方向张望，然后就觉得被一团冰冷的浓雾扑面撞进怀来，自己好像被抱在阴湿黏稠的水汽里，似乎只是几秒钟，就失去了知觉，往黑暗里越陷越深……

男人看见门外走进一个小幺，厨房里走出个小幺，两个小幺撞在了一起，然后就只剩一个小幺了，他觉得眼花，晃了晃脑袋，只看见小幺，他的小幺正开心地走过来拉他一起吃晚饭。他有些疑惑，看了看门，说门怎么没关好，小幺说，觉得屋里油烟味太重了，刚打开通通风。男人又说，包怎么在地上。小幺说酱油没了，本来想下楼去买一瓶，后来想想算了，今天就不做红烧了……

男人其实是很精明的，他看见小幺的身上，应该说他的小幺的身上，这些天总渗出丝丝血水和脓液，小幺不停地冲澡，夜里也起来反反复复地冲。男人不知怎么的，没有勇气问，现在房子的月供都是小幺一个人在付，小幺说她领导可欣赏她了，就欣赏她这样严肃有原则，将来是块做高管的料。她这半年里又升职又加薪的，男人几个网游账号里全是最好的装备，两人还说年底要去马尔代夫……

小幺去买酱油了，有人打了男人的手机，说小幺好些天没去上班了，问怎么回事，男人说，我家小幺怀孕回老家了，这个工作我们不做了，我帮她办辞职吧……

小幺在炒菜，男人给他妈打电话，叫她不要来他们这里了，说自己会回家看他们。并跟他妈说自己精神不稳定，看过心理医生了，医生说这是他夹在婆媳间精神紧张的缘故，唯一的解决方案是母亲必须退出新成立的小家庭，让夫妻两个好好磨合。

又有一次，小幺在洗澡，有人打了男人的手机，说我家小幺好久没往家里打电话了，她都好吗？男人说："阿姨，小幺说她要出家修行，去了西藏，说不回来了……跟我离了婚，没给我联系方式找她，说要一个人六根清净……你们找我也没用，小幺带走我不少钱……"

于妖同谋，耽于富贵。

二〇一四年初冬

于海上

面条精怪

一男的，喜欢杂志上面条细的女人，老嫌老婆胖，经常絮叨他老婆说你怎么也不减减肥，一点也没让男人心疼的那劲儿……他老婆不大搭理他，要管孩子，要做家务，要上班，外斗老板同事，内斗公婆妯娌……实在很忙。

这男的买黄片儿一定问人家里面那女的瘦不瘦，中关村天桥上卖毛片儿的中年妇女被问得一愣一愣的，因为毕竟是问奶大不大的比较多……大概日有所思夜有所梦，某天夜里果然来了一个特苗条的美女，正是他长久惦记的没一两肉的小身条儿。

他家住一楼，那女的从窗户里翻进来的，踩着十公分高的高跟鞋，说刚帮杂志社拍了一期时装大片儿，夜了才归，在胡同口遇上流氓，慌得她一通乱跑，眼看要被赶上了，看这家窗户没关，就进来了。

一看果然脸色煞白，喘着粗气，浑身打抖，站都站不住了。男人赶忙扶住，女人顺势无力地瘫过来，后怕得伤心哭泣起来，一边絮絮说自己一个孤身女人做这职业多不容易云云。

老婆带孩子回娘家了，虽然只有两站地，但估计今天也不会回了。他手搂在好玲珑的腰线上，心都跟着打颤，下面瞬间涨得生疼。那女的似乎又往前凑了凑，两人不知如何地就一起倒在了床上。

半夜梦魇，似觉被一堆大肠小肠蛔虫细蛇和无数蚯蚓蛆虫缠得满身动弹不得、喘不过气，大喊着醒来，结果发现摊了满身烂面条似的东西，像白惨惨的粗面条，只留一只眼睛在一根面条根上，贴在他眼前，却正是昨夜欢好那女子的媚眼，此时好似独眼的蛔虫。

听见男人大叫，晚归直接陪着孩子睡觉的胖老婆冲进来，从越缠越紧的面堆里把他拖了出来，给他洗刷干净，再给做了一碗打卤面当宵夜压惊。面一端上来，男人就吓得吐了一地，结果吐出来的全是烂面条，怎么吐也吐不尽……

断断续续吐了七天七夜，不知清洗了多少遍，身上、毛发里、孔窍里，到处还时不时有一根根的东西……最后实在人要不行了，老岳母不管别人怎么说，请来一个老法师，总算把夜夜入梦交合的女子赶走了。然后慢慢休养了大半年，才算复原得七七八八，从此再不敢看那些时尚杂志，连毛片儿也戒了，再不敢嫌弃他老婆胖，走在路上，也再不敢偷瞄那些苗条的女子，一有消瘦的女子靠近，他就打抖，夏天也抖得跟筛糠一样。且还要敏感上好几天，总觉得鼻孔里、耳朵眼儿里、肚脐里、屁眼儿里……处处都有一条条的东西钻进钻出。

听老法师说：那面条似的妖精，是如今都市里所有被体重顾虑和扭曲的审美观常年纠缠，被男性伴侣的不满所压抑，被模特、杂志所逼迫的女人的种种怨念所化……其中更有几缕因过度减肥得厌食症而丧命女子的冤魂。

因为是无数减肥女子的怨念和冤魂所化，所以丝丝缕缕乱如麻，却能感应好色男子的心意。但凡嫌弃老婆不够苗条，想要得一模特般女子的，面条精专在夜深时分自高窗潜入，与男子苟合，或使其缠乱窒息而死，或自七窍钻入脑中暴毙而亡，或自口鼻进了肠胃，活活呕吐而死；或自排泄器官蹿入体内，肿胀而亡……

二〇一四年夏

梅梅的吹风机

梅梅的吹风机总有股怪味儿，室友借用时提了几次，梅梅自己闻不出来，心里怪室友多事，想你嫌有味儿就别用呗。

梅梅在商场卖化妆品，家在大连，不常回去。吹风机是有次柜台促销，梅梅冒客户名义领的赠品。

她交往过几个男朋友，但进行到把他们带回来过夜就断片儿，几个男的都是趁着她睡觉，一早就溜走了……

梅梅嘀咕是不是自己的身体有什么地方不对，或者在床上的样子和表现有问题，反正惹男的嫌弃了。她为这自卑得很，又不好意思跟别人聊，更不愿意放下面子再去找那些男的……

直到有一天室友在凌晨发出了吓死人的惨叫，从她自己房间里连滚带爬地逃了出来，跪在客厅不断地干呕，一边呕一边喊："我拔了电源了，我拔了电源了。"眼睛直愣愣地盯着房门。

梅梅走过去探头往里看，然后一屁股坐在了地上，开始歇斯底里地叫。两个女人不知叫了多久，不少邻居聚在了楼道里，有人报了警，住在楼里的房东跑来开了门。

警察来之前，有好事之徒凑进去查看，室友的厕所里有一个少了大半截身体的男尸，残留的上肢抓着一只紫色的吹风机。

室友被警察带走的时候，眼光还是游离的，满脸惊恐，五官扭曲得不成样子，不停地跟警察解释：“我就说吹风机总是臭的，好臭，我听到叫，跑过去，吹风机在吃他、吃他的头，我立即就拔掉了电源……”

那些梅梅曾经带回来的男人都和梅梅一样，从外地到大城市打工，常年不回家，跟梅梅也就是萍水相逢，梅梅什么也没说。室友精神出了问题，据房东说，在警局就已经语无伦次，警察怀疑是情杀，男的可能脚踏几只船。没人再提吹风机的事儿，梅梅也没提。

新画皮女

莫莫是个“20 后”，出生于公元二〇二三年，莫莫的父母都矮胖粗黑，莫莫和姐姐个子比父母稍高些，但这脸蛋儿也是不敢恭维。莫莫姐姐花了大代价从头到尾大修过，虽然整容技术已经很不错，但细细看来，还是不够自然生动。

而莫莫因为比姐姐小了六岁，就在二〇四六年迎来了一种全新的技术，这种技术的概念其实也不新，很像武侠小说里的易容术，原本发源于对烫伤的治疗。但到这个时代，技术上所达到的复杂程度则足以令人叹为观止了。

那是一种完全仿真皮肤和器官的外套，或者说面具，可根据个人需求，将人类能达到的最完美的肤质覆盖你想要的部位，从面部、手部或者全身，上面的任何器官和细节，都可以按你的要求调整颜色、大小和其他参数。譬如你就可以要求乳头的颜色是少女的粉红色，还是更深一些的颜色，或者乳晕的大小，乳房的形状尺寸。

这层表皮是有记忆的，它按照事先设定的规格定型，不需要填充物，不需要任何支撑，它就在你的身体外面保持你设定的形状，不会有任何塌陷和变形。而且缝隙处与人肌肤无缝衔接，极其轻薄、极其完美。譬如，在唇部，具有你指定的唇形和色彩的外皮会延展进入口腔，与口腔内侧贴合，连本人也不会有任何感觉，不会对说话饮食有任何影响。

眼部的睫毛和化妆，都经由电脑芯片控制，可在本人的移动设备上随时进行操作，更换眉形、眼影色彩、睫毛浓密程度……发型、发色等等一切体貌细节，也是样样控制自如。

唯一的欠缺，毕竟只是一层外皮，不能改变骨骼，但经由改造比例，譬如拉长脸型、垫高鼻梁，很大程度上都能达到相当不错的效果。当然也有些人采取一种很粗暴的整容办法，即削骨，不追求其他任何效果，只管把多余的部分去掉，反正这层表皮一附上来，就天衣无缝的完美了。

莫莫的脸不大，就是圆，对她终生跟踪服务的销售人员按她的要求，只是加长了面孔，再配上精美绝伦的五官，莫莫就是绝世美人了。但这话或许说早了，尽管新技术只上市两三年，价格也还昂贵，却无数人趋之若鹜，成了第一批用户，街上尽是绝美的、想象不出的精彩五官的年轻男女。这种表皮是完全复制的人类皮肤，只是进行了一些处理，以便透气和进行各种操作，所以也会老化，但可以送回工厂整新，也可以购买全新的升级产品。

反正大家都达到了外貌的完美，于是真是很难说谁再比别人漂亮，漂亮这件事变得越来越不重要，逐渐不再能给人提供优越感，满足虚荣心，或者带来更好的机会，得到更好的伴侣……反正这层表皮不会给人带来任何不适，几乎没有副作用，可以 24 小时穿着，除非用户想调整一些参数，那么随时脱下来送到门面店去进行一些简单处理。

但莫莫逐渐琢磨出了好办法，以让自己脱颖而出。她跟一般人有些不同，她的职业是修复古代壁画的画师，最擅长的是画那些菩萨和飞天，莫莫的工笔美人是行内的一绝。别人在设计自己表皮的外貌时，是在数据库提供的各种五官选项中挑选，然后拼凑在一起，选项虽然众多，但比之用户的数量，难免显得有限了，有时候会重复，凑在一起也会有机械和雷同的感觉。莫莫在一年后就采用了自己独特的办法，她的移动设备里，所有设定好的选项都是自己的作品，而且绝不拼凑，全部是一幅幅完整的古代仕女或者时尚女子的绘画。也不是说没有缺点，毕竟是画作，不同于供应商提供的备选都是源自人类真实五官的三维数据。尽管莫莫也和厂家一起做了调整，其实立体感还是差了些，但却胜在绝无仅有，并且不机械，有一种隽永或者神气盎然的气韵，非常地与众不同。

莫莫的姐姐也购买了这种表皮产品，也想让莫莫帮她设计外型，被莫莫拒绝了之后，姐妹俩之后几乎就断了往来。

莫莫常常如同仙女般走过街市，去往飞机场，到一处洞窟，在里面关上几个月，去修补一幅墙上的美人。每次回来，她就会也给自己绘上一副新的面庞，再去见她的销售，跟销售一起去见厂商，好把新的面庞配适到她的表皮上。所以，每次莫莫在描画墙上美人时，她其实就在描画自己的新面庞。

那些古人于艺术上最精湛的技艺和智慧，都滋养了莫莫的美丽。这样与众不同的美丽，怎么会错过那些猎艳者的眼睛。美人太多，而如此与众不同的、生动的美人，却几乎只有这么一个。

莫莫身边的男人走马灯似的变幻，而且越来越显要。不知不觉间，莫莫身处于危机四伏的混乱关系里，不能自拔。莫莫从小花了太多的工夫和笔墨颜料打交道，几乎在画室和洞窟里消磨了大多青春时光，她单纯而寂寞，情感世界里没有多少记忆，故而心里暗暗渴望着混乱和纠葛。对于有限的生命，那也是精彩。她喜欢周旋在许多人之间，把时间安排得恰恰好，能生出女神一般、掌握着自己信徒的幻觉，好像她真的就是那些壁画上的飞天和菩萨，甚至比她们妖娆得多。当她踩着高跟鞋，褪下长裙的时候，那身肌肤，如此无与伦比的调色，只有最深谙此道的顶级画师，才能把握这样微妙的凝脂般的色泽。

莫莫身上每一处玄妙风度，都是古典审美幻化出来的绮丽幻境，她面前的男人如同进入画壁，进入异时代，作迷梦一般的享受这样一场艳福。

时代的高超科技，和莫莫所传承的古典艺术，以及这种绘画技巧在过去时间里取得的进展，就如此在她身上化合，成就了一种无法想象的产物。哪怕是杜丽娘从画上走下来，也差之远矣。

世上从来没有过最美的美人，不过是各有姿态，可是在此时，在各种因缘巧合之下，却有了莫莫这么个女人。如果吉尼斯纪录有世界最美的美人这一项的话，那么就只能是莫莫了，倘若后母的镜子再面对女人最想问的那个问题，它永远都不会再犹豫了。

莫莫那种卓越于众人的感受变得无法控制。刚开始，她还想得起，这不过是一身假皮，是她画出来的皮，可是渐渐地，反正所有人都穿着假皮，反正她总是穿着假皮，假作了真，莫莫分不清真假了，她就是这个时空里，最美丽的人。

奇特的是，莫莫的这种感觉越是被强化，她就越是下笔如有神，她的作品越来越具备一种神韵之美，她走路的姿态，她的一颦一笑，全都让她可以从女神手中轻易拿下那只金苹果。

命运在莫莫自己的笔下，莫莫觉得她可以永远掌控这样一种特权，直到死亡。在这漫长的一生中，她的绘画技艺势必越来越累积深厚，这也意味着，她的美，她的画皮，会越来越出神入化。

十年过去得飞快，莫莫最好的十年，当然，就外形来说，于她似没有多少关系。只是，她认为应该唾手而得的爱情、名利……却在追求的过程中，将她陷在了极其尴尬的境地，丑闻几乎让她失去了工作。

莫莫对着姐姐和母亲，总是骄傲的姿态，尽管她自己觉得并没有把这骄傲显山露水，可谁都看得出，莫莫一副世界就在她手里的笃定。可当山穷水尽时，手里什么也没握住，人言几乎连容身之地都不打算给她的时候，莫莫选择了切断一切，独自在黑暗里舔舐自己的痛苦和焦灼。

莫莫没有再去公司，直到牵涉进了一桩商业纠纷。十年前的项目，河南一座小寺庙的壁画复原工程，中间还隔着个承包项目的当地单位，承诺了和尚要修旧如旧，跟原样完全一致。其实修得是不错的，但涂料跟原先的不一样了，当时看不出来，因为午间的阳光能穿过进深很浅的殿宇射到侧墙上，没几年就出现了褪色，本来的黄色竟然褪成一种奇怪的粉红色，整个壁画看起来相当诡异。

尽管已经过了保证期，但跟几个河南当地的和尚，这道理没法讲，他们就说当初承诺了的，和原来一样，怎么才几年间就变成这个鬼样子，和尚们很愤怒。公司想解释如今业内都是用化工颜料，早就不用天然颜料，成本又压得低，于是连进口化工颜料都不是，而是用大色调配出来的，里面其他各种配色相较红色成分更容易氧化褪色，于是常常褪成一种粉红色。但这账并不能算在古建公司身上，你只给那点儿钱，公司不过是按业内一般标准处理的。

扯皮到最后，公司怕影响不好，毕竟对方是个寺庙，“苦主”是几个非老即小的憨兮兮的和尚，于是答应免费给重画重修。公司里没人愿意接这种吃力不讨好、去了也没好脸色看的工作，一致认为当初谁画的，现在还该谁担这个事儿。当初是谁画的呢？是莫莫，而且是莫莫给自己画的第一张脸，就是那个如今粉红面色的曾在墙上隐约却妩媚端庄的菩萨。那幅壁画很古旧，莫莫看见的第一眼就贪恋上了那种美，也由此升起了要把那张脸画在自己脸上的冲动，所以莫莫画得极认真，每一笔都画在心上。

可颜料的事儿并不归莫莫管，她当时以为那幅画至少在未来五十年都可以在那里接受赞叹，当然，她也想，那些当地人懂什么，他们或许根本看都不会看。莫莫那年看着自己画的那张面庞，觉得留她在这里，真是太寂寞，于是她把她带了回来，复制在了自己脸上。那是莫莫最喜欢的一张脸，她几乎大部分的时候都戴着这张脸，其他的新收获只在完成后的一段时间里新鲜一下，之后就又恢复了这张面孔。所以，几乎，这张面孔就是莫莫真正的面孔，就是大部分认识莫莫的人看到的面孔。

当莫莫又站在这幅壁画面前，一张是画中人，一张是活生生的美女，画中人虽然面色粉红，却仍那样宁静飘逸，莫莫有着画面真实化了以后无可比拟的艳丽，却为什么满身都是一种浑浊油腻的颓色。

一个小和尚跟着老和尚做好早课经过，看见两张肖似的面孔隔着飘浮的飞尘互相凝视，被骇住了，惊讶地看着这场景不知所措，左看一眼壁画，右看一眼莫莫……

老和尚幽幽叹口气，催着小和尚一同离开，经过莫莫的身边，看着壁画，低声嘀咕了一句："这脸过了十年，怎么就不对了。"

一道冷颤击过莫莫全身，她一点不明白老和尚或许只是在埋怨他们的施工质量，只十年就变色严重，那锐利的眼光扫过莫莫的面孔时，莫莫忽然惊恐地捂住了脸。她忽然醒觉，是她偷了菩萨的脸，她弄脏了菩萨的脸。

周围的村民有偶尔瞥见莫莫的，都吓得不行。莫莫不知道，她低估了当地人对美的感悟。那样美的壁画之所以会出现在一个小村子里，是因为无数这样的小村子里，人虽拘束在这里，未见得世面，没受过教养，可是在美的面前，是卡西莫多那样畸形的人，也会对着苍天呻吟：美，美，真是美……

所以，这幅壁画，在这一带都是有名的，村民们常常在农歇时分，经过这里就进来看上一阵。几个老农背着手站着，认认真真仔仔细细地凝视，他们总说：“这菩萨就是美得很，比那个香港明星，叫啥，关之琳的，还要美！”

莫莫到来开始重修壁画之后，周围几个村子就有传言，说那壁画里的菩萨也贪慕现在世道热闹，跑出来游历了一番；说他们都看到了，看到那个壁画走出来的女人，在月光底下好瞧得跟羊脂玉似的，但就是眼神不好，不如以前菩萨的眼神好，肯定是被那些画师画坏了。这眼神一不好，就不耐瞧了，瞧着怪得很，邪邪的，得跟那老和尚说说，得给重画了，菩萨的眼神哪能那样？

莫莫听说了，她没有想到，她顶着如此美丽的脸，可是在这些农夫眼里，她却是可鄙的。究竟是哪里不对了，她一日日一夜夜地站在壁画前头，凝视着菩萨的脸。

老和尚害怕了，她想着女子莫不是神经了，算了，重新找人画吧，别在庙里出了邪事情。于是有一天，他挑着正午太阳最烈的时候，走到那侧殿里，对在那儿发傻的莫莫说：“你回去吧。”

刹那间，莫莫若被雷击。那神秘的睿智的老和尚，叫她回去。难道这些年，她都不是她，难道壁画中的菩萨真借着她，游历了一番人间。那她的十年呢？去哪儿了？应该属于她的人生呢？这不是她的人生，是有着菩萨面孔的女子的人生，她的人生本该是不一样的不是吗？不，不对，如果是菩萨，菩萨怎么能遭遇这些难以启齿的事情，变得那么不堪？不，不对，可，如果是自己，自己是个那么乖巧，天天只知道画画的姑娘，楼里那个大男孩儿跟她打个招呼，她就很快活的女孩儿，怎么会过得那么癫狂出轨和一塌糊涂……

莫莫晕倒在了壁画前，她脑海里如电击般的闪过太多画面，一会儿，她觉得是菩萨走下壁画偷走了她的十年，一会儿，她觉得是她偷走了菩萨的面孔……

壁画已褪色，莫莫的人生支离破碎，她回不去了，回不去壁画，也回不去当初，莫莫在病床上一言不发，很多天，母亲千里赶来抱着她哭，哭一切说不清楚的委屈和本不应该。

那天夜里，母亲睡着了，莫莫脱下她的假皮，来到寺庙，拿出她的画具，一笔一笔，虔诚极了，就像她当年第一次画这壁画一样，借着昏暗的光线。其实莫莫在看了太久这壁画，还有过去十年镜子里自己的脸之后，她几乎可以在黑暗中画这张脸……

莫莫走了，和尚非常高兴，公司这次用的都是德国进口颜料，色彩亮丽鲜明，正午的阳光打上来，人跟活的一样。不管你在殿里怎么转动，菩萨仿佛都悲悯地凝视着你，那眼神，真端庄慈悲，真纯净安详……村里的老人都说，比早年间，最早的时候，都还好瞧！

大家不知道莫莫去了哪儿，可仍旧议论着她，毕竟她曾在这个城市里，制造了那么多勾动人心的故事。

后来听说，莫莫成了假皮公司记录在案的，头一个退回产品的客户；还有人在很多年后，去塞外旅行，看见有个圆圆脸的妇人，在洞窟里修补壁画，她神情专注安静，充满了一种令人肃然起敬的力量，于是偏偏普通的五官，却那么让人愿意看着她做画。很多人去了洞窟，都愿意到那女人的梯子底下，看着她做画，一看看很久。

这女人，已经是这个行业里的翘楚，她不仅仅是艺术家，还是有名的学者，写了不少关于壁画修复的论文，在海外也非常出名，她跟一个研究佛教文化的学者结为夫妻。

两人清贫，她的丈夫在洞窟边上有一间斗室，书从地上堆到屋顶，他从最顶级的学府来到这里，一呆就呆了二十年，除了回大都市探望父母，从没有想过离开。他的成绩斐然，却浑然不觉，就是来回于西北的遗址和洞窟。他俩相遇的时候，他已经在这里十年，他第一次在梯子下面仰望作画的女子，那神情，让他如沐春风。她太普通，可那气息和光彩，却美得如同壁画上他日日瞻仰凝视的人物。他觉得，这十年，原来他不是在埋头学问，他是在等待，就是等待这一刻的相遇！

附记：甲午于江南小镇金泽，窗外树影婆娑，月光皎洁，乌雀声声，正是七月半，记新画皮故事一则。

牡丹公子
——戏续《聊斋·葛巾》

牡丹花妖葛巾、玉版来去自如。相见欢，则先后来奔，嫁人生子；疑窦生，就双双抱了儿子遥掷于地，再扬长而去。

两个幼儿在地面上凭空无了踪影，没几日见风猛长出两株高跃触檐的牡丹，满月大的紫白两色花朵，夜色里、重角叠檐下恁的妖娆。

常家上下知是两位公子的真身，不敢拿他们当寻常花草对待，恨不能供起来；两位老爷心中有愧，终年不进园内。常大用自那以后，也就弃了对牡丹的癖好，不赏花不养花、绝口不提花。

十几年过去，这一年，洛阳的各处佳景各处亭台，常常都有一紫衣一素衣的青年郎君饮酒流连，相貌不必多说，自是人间不得见的，常府的人心知肚明，知道是两位小爷这又修得了人身，出来走动人间了。

常府曾有两位仙子式的媳妇，众人知道；两人生了儿子又都弃子而去，众人也知道；常府有两株冠绝洛城的牡丹，众人更知道……于是，众人皆知，牡丹公子行走左京。

足迹满京华，牡丹公子足风流，风流的是举手投足，是眉眼唇齿，是诗酒书画，并无女色沾染。这一春一秋，逍遥快活，许是冬日物燥，园中失火，只剩一片焦土瓦砾。有人说常老爷爱面子，容不得自己的儿子是半人半妖的怪物、做洛阳城里的笑谈。

算算年纪，那不过是两个少年人，天真未泯。众人议论，牡丹花妖托子于此园，却遭涂炭，必定会来寻仇。

然而，毕竟只是草木吧，不过是移分出小小幼枝，遗落人间，比不得肉身凡胎，要经十月孕育、十几载生养的恩义……

总之，此事就再无人提，废园已遭荒弃，来春细雨如油，焦壤中幼苗破土，于无人处怒吐枝桠，一夜径尺。

后絮：被摔过一次、被烧过一次，这本是父与母的因缘际会，却一个潇洒来去、一个生息照旧，因果落在孩子身上，他俩是兀自在命运里生和灭，还是会纠缠到恩怨里？愿再无人过问废园，但成新苗成长之沃壤。又或者他们可一日得道仙去，从此不为形体所拘，游于四方……

己亥端午

于香港寓所

浮生梦

@

海 公 子

老　尚

老尚是我们家邻居，从我出生就住在隔壁，到我读书工作自己出去租房子住，他跟我爹妈还是做着老街坊。他大我二十几岁，我一直叫他伯伯，小时候经常他去哪儿逛，顺便也把我带上，逛过最多的就是颐和园。他经常坐在一张长凳上抽烟，不吭声地坐许久，我就自己在一边玩儿。再大了就自己去园子里玩儿，玩儿一圈儿回来再跟着他回家。

我觉得他是有心事，不愿意跟别人说的心事，有时候眼神儿很伤心。因为我是个孩子，尽管渐渐长大了，但老尚只把我当个小屁孩儿，从来没跟我真正聊过啥，都是日常邻里那点儿事儿。他教过我下象棋、下五子棋，还带着我集邮，送过我不少“文革”之前的邮票。总之，我跟老尚在这种简单单纯的相处模式下，其实还是有非常深厚的友谊的。

老尚跟他老婆关系挺好，从来不见他们吵架，只是我觉得出老尚对他老婆其实跟对邻居也就差不多的好，没什么区别。老尚有个儿子，后来出国了，出国了就没回来过，也没见接爹妈去转转，只等结婚生了孩子，就把他妈妈叫去看孩子了。

我知道老尚有心事，但从来也看不出他有什么不对的端倪。老尚在我们这一片儿口碑挺好，大家心里，他就是个闷不吭声的老好人，谁叫他帮个什么忙，他都和和气气地帮您把事儿办了。我爸妈因为从小没人给看我，但有老尚愿意带着我，不知省了多少事儿，老尚老婆一走，我爸妈就格外照顾老尚，也算一种报答。

老尚是自己一个人过的五十岁生日，之前又被买断了工龄，不知是不是他觉得家也散了，从此孑然一身，没了单位，是个自由人了；也或者他觉得五十，知天命，自己该顺应自己内心了……不得而知，总之，他开始各种不对劲儿。胡同里大家挨得紧，谁家有点儿隐私总是遮不住的，时间长了，蛛丝马迹就变成了光天化日。

老尚在五十岁生日之后，继续隔三岔五往颐和园溜达，但溜达的方式变了。以前是空手来回，现在出门的时候拎一个大包，回来的时候还是这个包，但脸上就露馅儿了，有时候是没擦干净的唇膏，有时候是没擦干净的眉毛或者眼影……时间久了，大家有时候串门儿，有时候在他家门口张望一下，就知道了老尚家里有假头套，波浪长发的假头套，还有超短裙、胸罩、紧身套头毛衣……

搞笑的是老尚是个胡子拉碴的糙老爷们儿，块头又粗大，我听我爸妈说了之后简直不能想象，不能想象老尚穿了女装、化了妆之后能是啥样。

这些年，我忙着自己的青春，小时候的这些人这些事儿都被我抛到脑后。可老尚，我要是有发小儿，我觉得那就是老尚，他被人说各种难堪嘲笑的话，我忽然觉得心疼了。大家虽然谁都不当面说，但都变得不怎么搭理老尚，要不就是更加肆无忌惮地叫老尚给帮各种忙干各种活儿。

这事儿在我心里，断断续续地冒泡儿，冒了好几个星期，终于我心里还是念着旧情，没有彻底冷漠自私变成一个大都市里的甲壳虫。我心里还是长着小时候那个胡同，老槐树下跟老尚下象棋、吃冰棍儿的日子好像还就是昨天。

周末回家，我敲门进了老尚家里，他对我还是过去的态度，也没见什么别扭的，我倒反而有些不知怎么开口。其实我也并不知道自己到底要干什么，只是觉得不能谁都不管老尚，总有人得帮帮他，至少是关心一下，老尚这分明是被家庭抛弃之后的自暴自弃。

我看老尚是准备出门儿，他准备了一大包东西，我就知道他是要去颐和园，我说："老尚（从小我喊他伯伯，我也不知是什么时候开始，也跟着我爸妈和胡同儿里的人开始喊他老尚），好久没跟你去颐和园了，要不我跟你一起去溜达溜达？”

老尚踌躇了一会儿，想想说：“闺女，你都大姑娘了，精英了，就别跟我这儿瞎耽误工夫了。”我知道我不该开口，我就该像胡同儿里其他人一样，守着那条线不说破，一副我假装不知道其实我什么都知道的样子，但不行，我不能这么干。老尚带过我，不管老尚怎么想，那是恩，我能拉老尚一把的时候，我就不能袖手旁观。虽然我也不知道我要怎么拉老尚，但真的不想老尚一辈子挺好的一个人，最后沦落到被所有人瞧不起、背地里说难听话。

我吞吞吐吐半天，最后只说出一句：“老尚，你怎么了？”然后眼泪就冲了出来，流了一脸，止也止不住。老尚重重叹了口气，他说：“闺女，别担心，我没啥事儿，就是反正也一个人了，憋屈了一辈子，现在还不如爱干点儿啥干点啥。”

我说不出话来，也不知道说什么，只是眼泪止不住地流。我并不了解老尚的内心，我跟他的亲近是一种长期相处的熟稔，有些时候有种默契，这种熟稔和默契使得我不会觉得老尚怪，更不会嫌弃他，只会心疼和一种莫名其妙觉得自己也连带被欺负了的委屈。

老尚被我哭得没办法，就说：“得得得，别哭了，跟伯伯去颐和园吧。”我们就又一起去了颐和园，老尚没带他那个大包，我们一起坐在了老尚的长椅上，一起看着昆明湖发呆。

老尚也没跟我交代到底怎么了，他心里把自己当我的长辈，有些心事儿是没法跟晚辈交流的，但他断断续续地、模模糊糊地说了些过往，拼凑在一起，也就是他跟我交代了，让我不用操心不用掺和。

大概就是以前昆明湖能游泳的时候，老尚在这里救过一个附近大学里读书的学生，那天天阴，人少，那学生脚抽筋了。老尚自己没读过大学，挺羡慕，又很喜欢那人，就跟这个学生做了朋友，一个夏天时常约了一起在颐和园游泳，后来人家毕业就走了，两个人也没了联系。老尚开始是常常提他这个朋友，觉得失去这么个朋友很可惜，时间久了，老尚从无歇止的思念里觉出了味儿，老尚也是大小伙子了，大概知道大家都是过路人，一个暑假的交情，早就该过眼云烟了。老尚自己也不明白怎么就在心里埋下了一根刺，这刺还是活的，在岁月里长成了漫无边际的一片荆棘，扎得五脏六腑都疼，却早不知根是依托在哪里。

老尚一辈子大概就不得意，工作不得意，感情不得意，勉强为人，心里把所有的不得意挂在了这根刺上。这种病态和压抑最后就在老尚被家人抛弃之后，以这种方式发了出来。老尚说他没怪老婆孩子，自己心思没在那儿，旁人也不是觉不出，心不在，就没多少情分。

胡同里有人传，老尚在颐和园是出了名的，一个大老爷们儿，胡子拉碴，带着假头套，涂着红嘴唇儿、黑眼影，穿着超短裙紧身毛衣，傍晚闭园的时候在长廊里转悠，别提多瘆人了。还有好事的专门跑去偷看，说活丑，看得想吐。

我曾经想象过，我应该正式邀请老尚一起逛一次颐和园。他穿着他的超短裙，我就穿着我平时出去玩儿的衣服，我要像小时候一样，挂着老尚的胳膊，跟他一起在日落时分、蝙蝠还不是燕子满天飞的时候，在长廊里一路走过去。

但那是老尚心底阴沉沉的荆棘丛，老尚没许我趟进去，我只应该在槐树花开的时候，再找老尚一起树下下一盘棋。等我出国回去，等槐树花再开。

只是，父母信里提到，胡同拆迁了，大家拿了拆迁款还有房子，好多人买了车甚至是豪车，邻居都散了，老尚没打招呼就搬走了。

我回国后找过老尚，跟很多邻居打听，甚至在网上联系上了老尚的儿子，但居然就是找不出老尚。我想过要去颐和园堵老尚，但我觉得老尚是刻意把胡同儿，还有我们都给抛弃了。

事情就这么过去了，可我想起来就硌硬，是一种对命运不服气的硌硬。一个少年，仗义救人，羡慕人有学问，结交朋友……一切都很对，为啥老尚从一个好脾性的少年就成了一个畸人。老尚说他以后是爱做点儿什么就做点儿什么，但无家无业，被人笑话看不起，最后跟故友亲朋都没了联系，毕竟不是什么好结局，毕竟他一辈子过得都不开心。

或者我还太年轻，我想的不对，人生就是苦、诸般苦，老尚过的就是他那一种苦，我不过觉得有些不值当，为了个完全莫名其妙的过路人。但也许这么想也不对，那不过是个契机，人生拉开它残酷面目的序幕各式各样。

二〇一八年

于九龙土瓜湾

雅 集

某日一气看了《聊斋·凤阳士人》《独孤遐叔》《纂异记》《三梦记》。一个清代的梦，三个唐代的梦，梦里都是长久分居的夫妻各有所梦，梦境居然互相应和。据说聊斋这篇是受了前面三个故事的启发。临睡前这么几个故事一连看下来，晚上就真的自己也胡乱地入了梦境。

一群爱慕风雅的人士坐在湖边，清风明月，众人仿着曲水流觞的调调儿喝茶，参与的人都特意穿着旧式的衣服，有交领、有长衫儿，或者至少也是装饰了盘扣儿的短打扮，一场大龄青年的 cos 派对。

边上有个留着长发、一派温柔模样的女子在默默煮水奉茶，脸被头发遮挡，也看不出年岁，说是某某女史，从头到尾没有吭过声儿；身后的假山边还有个白衣女子在慢慢起着一炉香，当然也不说话；还有个短发的女老师，很有节制和技巧地偶尔表表态……一堆高谈阔论的中间，就剩我一个全无女性自觉。

茶喝了两圈儿，点心也被挖得乱七八糟了，有个络腮胡子、头发浓密的男的开了腔儿：“光喝茶也没意思，咱也不会作诗，唉，你，我看你挺能白活的，你给大家伙儿唱个歌呗。”

此人长着一张未老先衰的油腻面孔，却偏偏还自居很有男性气概，神情间略略带着一点神经质和狂躁，属千万不能搭理，弄不好就发疯，然后大家下不来台那种。

众人谁也没回应，我跟旁边一宣称藏书四万的哥们儿聊得正嗨，全未听见，于是他颇有些尴尬，故作热情地又高喊一声：“唉，姐们儿，说你呢！”

这下所有人齐齐看向我这里，此时我正拍着藏书四万的肩膀说：“四万算啥，我有十万。”然后仰天哈哈大笑，才笑了半声“哈”，即为一旁的高声打断，怔忡间回头问了句：“啥？”

他就再次陈述：“你给大家唱个小曲儿呗！”

心中一阵奔腾和腹诽，平生从不唱不走调的歌，平生最在现场不知如何怼人。于是往我家那位望去，想求救兵，帮我应付过去。可一看，此人正对着一盘烤鸭猛下功夫，完全没看我这里状况……要吃货啥用，养兵千日，用兵无时。

一时间，真是恼人，场面干在那里，一片静默，唯有一阵撕咬鸭皮鸭筋的咀嚼声，还有热水沸腾的声音……

这厮不依不饶，催促道："想出唱啥没？"

……

正当我犹豫是在沉默中爆发还是死亡的时候，"算算算、算了，我先来一个……"他嘎着嗓子吵吵道。

哪里曾想，这一亮开喉咙，竟是立即把人的魂灵都惊艳了。小嗓儿那叫一个脆生生，随手就甩上一个个弯弯绕绕的高音，让人的心肠也跟着越飘越高无处着落，如此缠绵。长得像头野猪精吧，那音色却恁是清亮，润润的声线里好似埋着一根金属丝，又柔情又有筋骨，又劲道又绵长。唱的歌也不知是什么地方民歌，说话一股大茬子味儿，唱起来却绝无半点儿口音，所谓绕梁三日，也就是这样了。

所有人都被激发起了热情，有个搞声乐的，开始四下里闹腾，说要找张报纸给他跪一个，他说他要对如此美妙的、超出一切预期的歌唱表示礼赞。有人劝他："你跪就跪吧，还非要垫报纸。"

等他最后一句弯啊弯啊弯啊都不知弯到了哪里，终于销声匿迹的时候，全场鸦雀无声，少年似的嗓音却偏有一股杀猪的底气！

大家正默默回味，他又甩出一句，仍旧是要和我死磕："想出来没有啊？该你了！"

这下我彻底蔫儿头耷脑了，先时我觉得他看不惯我，给我难堪，但如今人家明显并无此等小男人式的大男子主义狭隘用心，人家对唱歌行着最朴素的态度：抒情！取乐！众乐乐之乐！

呵呵呵一通傻笑，我只好认㞞，抠着脑门儿说：“我那个啥，天生就是五音不全，我最大的梦想就是这辈子能唱一首不走调儿的歌，可至今也没能实现，估计此生此念是无望了。”然后我又指着不远处仍在啃烤鸭的我家那位说：“看见没，那是我男的，他当初追我时说他能教会我唱歌，结果我相信了，现在很后悔，为了一首不走调的歌，我至于嘛！”

这厮听了一愣，张大了嘴，猛然重击了一下自己的大腿，大声嚷道：“啊呀我的妈呀，歌儿都不会唱啊，老惨了！那你高兴了咋办？难过了又咋办？”

被他一说，我越想越不是味儿，想起从小因为不会唱歌受的窝囊气，还有所有那些自卑，生气伤心无从收拾，顿时悲从中来，也就啥都顾不得了，伸着腿箕坐于地，拍着大腿，放声痛哭起来，哭着哭着，我就开始用吃点心的勺子敲碗，一边敲一边合着节奏哭诉我的委屈……

梦里我家那位后来对我说：我哭得那叫一个荡气回肠，简直比唱得还好听，颇有魏晋名士的风采，全场为之心折，不禁一起泪湿了青衫……

总之，我当时哭得有点儿累了，一边大哭一边叙事，是很费体力的，一般只有子女不孝的老太太天天坐在弄堂口，才有哭诉一下午的功力；我是有些扛不住，但看众人一副很期待的样子，好像等我再掀高潮，正不知如何收场，忽然就想起，先前几个故事里的梦境，都是凌空飞来一块石头，然后众人作鸟兽散，梦也就被谋杀掉了……正想着，皓月当空，我操，横空飞来这老大一块儿板儿砖，足有半边天那么大，忽悠悠飞将过来。我这厢一看不妙，立时就发挥出遇到危险反应最快逃窜最快的特长，也不忘一把扯上我家那位——以迅雷不及掩耳之势，拔腿往矮墙外蹿去，一瞬就跃过了本就有了缺口的矮墙。速度太快，快得没来得及看一眼墙外是何人暗算，墙里已是一片呜哩哇啦鬼哭狼嚎，其中一声格外高明……

跑得太穷凶极恶、呼哧带喘，这就忽然觉出了被子太重，重得妨碍喘气，一急之下，坐起来了，咦，睡过点儿了……路上查微信，我家那位发了条语音，说昨天夜里梦见我唱歌，唱“酒干那倘卖无”，唱了整首，唱得伤心得一塌糊涂，可是从头到尾居然没跑调儿。他还在梦里想，咦，奇怪，此人唱歌不走调了……

二〇一四年夏

于海上

第一梦之鲤鱼精

少女于水边观鱼，一尾鲤鱼，搁浅泥滩，脊黑而腹白，凝视着女子，若有所述。少女伸纤手轻轻推拨，以助其离岸。鱼方归于水，女子便觉肩头似有人轻拍，侧首，面色如玉的男子，长身而立，墨色长衫，随风娓娓轻展……

相识相恋继而同居受孕，静谧地期待，面上闪着幽微幸福的光彩。然而想不到，一日，男子说为着前程必要北上、往京城去……身怀六甲的女子轻伏于男子膝头，心里又想他留下又想随他而去，然事发突然，并无两全之策。最终只默默任他远行、剩孑然己身，立于南方的迷雾，望着北去的路途……

轻抚高起的小腹，她一时想，肚中莫不是满腹的鱼籽吧；一时想，或又是条半人半鱼的怪物……

奇怪何故男子在时，从不曾做此等惊疑，只安心做个妇人？

踟蹰寻至医所，欲放弃腹中不明之胎，放弃这番不明的经遇……

附记：二〇一六年八月三十一日，此前一两年断断续续读聊斋，今日完成聊斋第九卷，打算暂且放一放了，剩下三卷今后再来完成。做一小戏笔《鲤鱼精》，以记漫漫之阅读。

第二梦之白衣僧

Gigi 三十二岁，在考虑生育。她有固定的男伴，彼此周末约会，平时也看情况时常一起晚饭和过夜。Gigi 不考虑结婚，但觉得可以要一个孩子，现在多数女性都不结婚也不生育；如果要生育，不管是否有配偶和男伴，多数还是选择从精子库购买跟自己基因更搭配的精子，并采取人工受精和体外妊娠，即让受精卵在人工子宫里慢慢发育成长。当然，还有一种逐渐成熟起来的技术是单性繁殖，既可以选择一个男性对象，制造一个他的单体繁殖的后代来养育，也可以制造一个自己单体繁殖的后代。

最后这种是 Gigi 目前中意的，不是说她不喜欢自己的男伴，也不是她觉得自己的基因有多么优异或不容污染……不过是在情感上觉得把自己和另外一个人的基因融合，共同繁殖，实在是件可怖而尴尬的事情，在两人之间缔结的联系过于纠缠凝重。虽然几乎人类自古都在这么干着，Gigi 却感觉心理负担太大，每每想到自己的一部分要跟另外一个人，甚至是跟这个人背后的家族树上无数的人掺和到一起，这几乎叫她顿时感到一种肠胃抽搐和窒息，不自觉地就打了一个冷战。好在有不少人都有这样的需求，虽然动机并非都同她一样，即想要孩子，又不想跟别人发生这么紧密的关系。足够的需求就能够促动技术的发展和商业的运作。

Gigi 开始着手联系相关的机构，费用比之其他生育手段要昂贵得多，Agent 告诉她既可以选择用自己的卵细胞也可以用其他身体组织的细胞，Gigi 想也没想，即决定一定要用自己的卵子，并且自己来怀来生。似乎这样，就无论如何是她的孩子了，一个跟男女交配生育一样的孩子。

Agent 上门为她做了所有辅导和需要的各项准备，只是取卵子还是要去国家指定的医院。

商定好去医院的前一天晚上，Gigi 发了怪梦，男伴记得听到她轻声叫了一下，然后便起来，走进厨房去喝了一杯牛奶，复又返回躺下，床头时钟是三点半。

第二天 Gigi 有些沮丧和不安，她告诉男伴梦记不真切了。但她其实记得最后醒来前的一段，梦里有一白衣的和尚，是一身如纱的袈裟云彩一般披挂卷裹在身上，和尚清俊高瘦……梦里 Gigi 跟和尚是一道的，关系倒并不分明，又像一对男女，又或者是某种合作者。

一条走道，一边是窗户，一边是一间间的阶梯教室。

不知什么原因，和尚似乎要从其中一间正上着解剖课的教室里带走一个女人的尸体，好像要找地方做血液的置换或混合，以掩盖什么不想让众人知道的事实。课堂里坐着不少的人，似乎还有个教授在前面讲课，那具女尸则靠近门边，和尚从门里拖出尸体，抬着上半身，像把人从床上拖开一样，从门内抽到门外。Gigi 便顺势接过了腿部抬起来，帮着他一起搬走尸体……后来记得来到走道尽头一处房间，白衣和尚开始处理尸体，经过记不清了，梦醒前最后一个镜头，就是和尚白皙、瘦削，但筋骨分明的手指充满熟练技巧和力度地划向女尸的腹部，很瘦的腰身、平平的小腹，一刀横过，没有炸开的皮肉，没有流血，只是个深色的裂口，像拉链打开，一只微微张开的皮包……

Gigi 觉得有些莫名，这跟自己打算生育有什么关系吗？自己并不特别害怕生产的过程，为什么有焦虑的情绪？她的道理是怪梦一定来自不好的情绪。她没和男伴说什么,却在跟陪同的Agent沟通后的last minute改了主意，自己不要怀这个孩子了，还是由人工子宫代其劳吧。

事后男伴很高兴，他并不反对 Gigi 要自己的孩子，但如果能不影响两人很有规律的共同生活那是再好不过的。

丙申秋

于上海寓所

第三梦之莲花儿

张家几代都是寡母当家，到了张三这里，就她一个女儿，兄弟姐妹都没有，她母亲是个极其古怪的老女人，瘦小干枯，穿着黑衣服融在张家连绵屋宇间黑色的阴影里，也不管张三，只吩咐家人作儿子养着。

养到如今，一身坏习气，丑得像只猴子精，偏偏并无自知之明，最爱冒充斯文，拿下流当风流。众人都叫她一声张三爷。平日嫌家中无趣，出去看戏听曲儿，跟女人们调笑一下，跟男人们一起打牌喝酒；夜里混在一群城里头面人物当中应酬狎妓，她又不能真嫖，也没喜欢男人，不过胡混取乐。

因识得些文玩古物的窍门，于是更是自诩风雅有识见。席面上一句句“张三爷”的恭维话，有人把她比作京城里前些年吞鸦片死的一个美男子大才子，她竟然也满心得意地觉得可不就是自己。

这夜，妓馆里仍旧各种油滑的下流话满嘴地冒，和个平日也喜扮作男子的唱小生的戏子，隔着桌互相吹捧，全然不觉东道沈老爷已看不下去，搂着莲花儿出去了。

莲花儿真美，水一般的骨肉，玉一般的肌肤，沈老爷常常光顾着她，也爱和她说话，两人是真合契，各自什么心意，换个眼风，就都心知肚明了。莲花儿说这张三爷，被人奉承几句，明明是个女子，倒真是爷们儿附了体，真以为自己绝世风流起来了……

两人无论吃喝、听曲儿、品评人物、出游赏景儿……样样是眼力绝佳、心有灵犀，然而沈老爷并不高看莲花儿。明明家中金山银山，高兴了就买个戏子雏妓耍耍，却不肯包养莲花儿，更不要说收了她家去，任凭别人贪恋她的美色，时时蹂躏她。沈老爷知道跟自己有过节的那么几票人把火气都泄在了自己这红粉知己身上，但沈老爷不在乎，他甚至颇喜欢把莲花儿在床帷里摊平了，看她身上那些不堪入目的青紫和血痕。

莲花儿言谈神情间从不露破绽，好像她跟沈老爷不过萍水相逢，只有今天没有明天。

两人自席间边说边踱步出来，和和气气像多年的夫妻。有人跟沈老爷知会，说小安已经在等他了，怕要不耐烦。沈老爷抬腿就要过去，但不知怎么，停了一停，把松开了的莲花儿的手又抓了回来，鼓着青筋的手大力地拽着莲花儿一同过去了。

莲花儿是风华正茂的标致人物，小安是男女都爱的美男子，沈老爷眼界高口味更是刁。他也不特意爱宠谁，就是长情，跟谁好，一旦看定了就长相好、不相忘，不论是自己家眷还是外面的戏子婊子。

他把莲花儿和小安一同摁在怀里，倒在床沿儿上，莲花儿不愿意，刚意图脱身，沈老爷的舌头就滑进了她的耳洞，酥软得她浑身一个激灵，沈老爷悄无声息地说："明儿，你娘那边儿……"莲花儿就不动了，沈老爷肌肤绵软，里面却都是气力，热腾腾的卷得莲花浑身都痛。一只手清凉地在她大腿上滑过，她疑心那是小安的手，不过她猜沈老爷根本不在意，就任它滑。

不一会儿，两具赤身裸体的曼妙身姿就俱在沈老爷的股掌之间了……

二〇一六年十月

于檀香山

Taren 的隐秘

Taren 的心底有一种隐秘的渴望，这种渴望连 TA 自己都觉得可耻，并且无法跟任何人分享，那将是极为危险的。如果今天的世界上还有任何禁忌的话，那就正是 Taren 每每蠢蠢欲动的方向。

五百多万年前，我们生存的世界上有另外一种生物种类，他们和今天地球上的居民享有同等的地位，甚至他们被认为是更高级的。他们几乎在所有领域享有更优先的权利和地位，他们看起来也更为强壮、更精力充沛。这种生物和现在地球上的人类共同生存，他们被称为男性，现在的人类当时被称作女性，都被要求和这种“男性”婚配繁衍，而在当时今天的人类即女性之间是无法性交和繁殖的，并且即便是彼此相爱也是一种变态。

但当时的科学已经发现这种生物实际上是亿万年里，人类从单细胞进化为灵长类过程中的一种变异和萎缩。不同于人类的是，他们不具备两个健康而饱含遗传基因的 X

染色体，他们其中一个染色体萎缩到几乎不包含任何遗传基因，并且还会导致大量遗传病变。这条畸变和萎缩了的X染色体被称为Y染色体，大约是3亿年前偶然间有一个X染色体畸变产生，上面携带的基因在3亿年里由1438个基因，消失到仅剩下45个。这条人类身上23对染色体中唯一为生存所不需要的染色体一度被误认为优秀人类的标志，因为其结构简单且区别于X染色体，也一度被认为是基因遗传的标志，同样的Y染色体代表着来自同样的男性祖先。

但由于先天不足，Y不断退化萎缩，上边仅存的遗传基因逐渐变成假基因并消失不见，负责睾丸发育和男性荷尔蒙分泌的SRY基因也随之不断降低。随着Y染色的不断退化，在进化史中导致的短暂优势逐渐消失为乌有，大量的器官病变和发育不完全的男性散布在全球各地，他们有些甚至由于器官的发育不完全而没有生育能力，再有五百万年，Y染色体将彻底从地球上消失掉。

由于女性变得越来越健康、长寿，智力、体力的开发越来越完善，距今两三万年的时间里，所有的主要机构都由女性把持，而男性普遍从事简单的服务行业和娱乐业。到大约五千年前，初生的婴儿里有30%是间性人，他们既不是男性，也不是我们现在称之为人类的女性。他们可以和其他男人或女人生育，但产生的后代都是没有生育能力的间性人；在剩下10%左右的男婴中又有40%生殖系统发育不完全，而另外还有40%左右是终生性的阳痿。在男性、间性人和人类（当时称为女性）的不断交配繁殖中，这种情况愈演愈烈。而当时两个女人之间的婚配现象成为主流，她们之间不再用过去传统意义上的方式性交繁殖，而是通过两个卵细胞的结合繁殖后代。这样产生的后代携带最健康和优秀的基因，并在当时环境极其恶劣的地球上能够更好地抵御疾病并生存下来。

当时的国际首脑联盟和各国政府都已无权干涉任何合法个人的性取向及私人生活的任何方面，在无数次磋商和人类灭绝的危机之下，最终通过了一条国际法：所有的男性和间性人失去合法的公民身份。这之后，各国逐渐通过各种法案禁止男性和间性人与人类交配，并且限制他们的各种权利和保障。随着时间的流逝，男性从人类世界曾经的主宰逐渐被非人化，最终他们被称为Max。地位等同于智能机器人和宠物一般的地位，由于法律禁止将机器人在外形上和智能方面生产得与人类过于接近，Max这类“近人类”承担了所有需要和人类密切接触的工作。由于资源丰富，又不需从事高强度的劳作，Max比起人类来说是种性情非常温顺和友好的生物。他们多数没有生育能力，Max之间的性交也是不被禁止的。但即便人类和没有生育能力的Max性交并不会有后代产生，但因为Max已不再被视为人类，因此和 Max 的性行为约定俗成地成为人类社会现今为数不多的禁忌之一。

解释到这，便不难猜想 Taren 内心的隐秘是什么了。Taren 在无数个白日梦和夜晚无数次幻想着把一个 Max 拥在自己怀里，用自己排尿处附近一段无用的空间吞灭掉 Max 身上进化失败而保存的增生物……Taren 甚至逐渐细化了对方在自己心里的样子，并称他为“我的 Max”。

TA 常常在酒吧、街头、商场窥视那些身体扁平的生物，尤其是他们当中那些少数的高大健康、具备生殖能力的 Max+。Max+ 并没有因为这个“+”而享有任何优越，他们反而是被密切监视的，从出生确认他们的性征开始，就被植入芯片，有些小国干脆立法，将他们化学阉割。

Taren 觉得 Max+ 对自己有着超强的诱惑力，TA 从很小开始就喜欢跟他们玩耍，直到后来长大一些，被祖母禁止。但 TA 逐渐意识到自己的性欲只指向 Max+，TA 对其 TA 人类感到厌烦，甚至不愿与 TA 们靠近说话，更是无法忍受 TA 们的任何触碰，更不要提亲密关系。

偶尔情况下，Taren 会与 Max+ 发生肢体接触，譬如小臂的皮肤，手或者肩头。开始是无意，后来就是 Taren 处心积虑，TA 觉得那些 Max+ 其实心知肚明，但他们用一种狡黠又带着一丝丝恨意的眼光瞥了 TA 一眼后，即匆匆离开。只是 Taren 会在后来的好几天不断回忆那微热的体温和有毛发刮过略略刺痒的感觉，每想一次，TA 就会激动得打颤，不可抑制地想要紧紧拥抱对方。

二十七岁那年，Taren 进入非洲小国的丛林深处做研究，TA 在观察站的望远镜后面观察到了匆匆穿过溪水的身影，此后，留心追踪的结果是越来越频繁地发现对方的踪迹。终于，这个饥饿的 Max+ 被 Taren 用食物诱捕，观察站的其他成员逐渐发现 Taren 常常一个人消失在丛林深处，直到 TA 小腹隆起。这个为逃避阉割躲藏的 Max+ 最终丢掉了性命，由于 Taren 怀的是个人类婴儿，即过去所说的女婴，胎儿从任何一方面都是个正常人类胚胎，法律赋予人类胚胎与人类一样的地位，所以 Taren 合法地生下了这个孩子。为了孩子不受歧视，TA 放弃了原来的工作和居住地。

虽然 Taren 对于那个 Max+ 失去生命感到有些遗憾，但对于自己终于拥有（过）了一个“我的 Max+”，Taren 还是感到满足的，尤其对于眼前混血的女孩子。TA 长得完全像 Taren，却有一双 Max+ 才会有的带着狡黠和一丝丝恨意的眼眸。

二〇一七年

于北京

That Cucumber Lady

尼罗河边的村子，和埃及其他的村庄一样，脏乱混杂，一边是局促的生人的村庄，一边是庞大的墓地。Afaf 在坟墓边的泥坡上被巫婆推着滚了下去，据说这样可以让妇女很快怀孕。她已经失去五个孩子了，每一个都是好好地生下来，但很快她就失去了他们。为了能够再怀孕，她从坟墓里偷过以前孩子的小小的尸骨，从上面踩过去……

丈夫并没有要跟她分开的意思，也不许别人欺负她羞辱她。但丈夫的弟弟会对 Afaf 说："你就是被白白喂饱。"就像牛马，女人不生孩子，就是白吃了饲料却没有劳作。Afaf 没有办法忍受作为一个女人，却没有孩子。不断的怀孕和流产，使得受孕变得似乎更困难了。

她做了无数的事情，村人和巫婆说的能让她尽快有个孩子的办法，她都试过了：在清晨七次渡过尼罗河；从碗口粗的蛇身上踩过去，据说惊吓可以促使怀孕；去理发店要老人的头发，掺杂了各种巫师给的粉末，熏烧下体；

把牛乳涂在棉布上暴晒，再塞到生孩子的管道，那臭味让人难以忍受，Afaf 因此发烧了，病了足足一个月。巫婆还把手伸进她的子宫——孩子的房子——然后说那里太小了，放不下孩子了。

看守墓地的老汉 Arabi，今年要九十岁了，他一辈子就是守着坟地，住在坟地，他参透了生死。他说 Afaf 需要看医生，丈夫很担心，但 Afaf 还是跟着老汉坐渡船，到尼罗河对面，去城里看医生，医生说她需要做手术，她做了三次手术。

今年终于又怀孕了，医生给她看那两条线，说一切都很好。她希望是个男孩儿，能够好好地长大。有外来人经过村子，其中有个会算命的，他对 Afaf 说："这会是你最后一次怀孕，肚子里将是你唯一的孩子。神本不许你子女，这个婴儿也要死掉，但你可以把他的胞衣埋在你的门槛下面，洞要挖得很深，好好掩埋，用尼罗河的泥土，对谁也不要说，绝不能拿出来……"

算命的走了。Afaf 生下孩子，按算命的说的做了。孩子五岁的时候，丈夫死了。Afaf 决定不再结婚，她把一切精力都给了孩子，孩子就是她的生命。有个孩子，女人就不是白白活过，将来，会有人给她办丧事，给她建一座漂亮的坟墓，把她好好掩埋，就像她掩埋胞衣一样，还会到坟墓上来看她，跟她说话，给她坟墓上的芦荟浇水。

儿子七岁的时候，Afaf 有一次跟一群女人一起，去不远的一座村子参加一个葬礼，走在半路，路过一片黄瓜地，孩子开始哭闹，他们被一群人落在了后面。孩子不再肯走，非要吃黄瓜。Afaf 四周看了，没有看守的人，她想应该没有关系，就给孩子摘一根吧。

儿子在田边坐着，她提起长袍走到黄瓜地里，她没有想到，看守田地的人故意躲了起来，就等她偷的时候才出来抓她。Afaf 被看守当场抓住，扯到地里，说要不送她去警察那里，要不就要她和自己做那件事。Afaf 很害怕，她还要去参加葬礼，她还要照顾儿子，她还要在村子里过活……她同意了，她跟看守的人在地里，孩子在远处田边都看到了。

很多年过去了，这件事在 Afaf 心里都已经不提了。她给儿子定了一门好亲事，媳妇是殷实人家的女儿，但有些娇惯和坏脾气，总跟 Afaf 吵架，也不愿意做事情。Afaf 以为给他娶亲之后，自己就能少辛苦一些，媳妇可以把儿子照顾得很好，但没有想到，是自己要多照顾一个人，还常常要生气，要吵架。有一次，Afaf 很恼怒，就对儿媳说："如果你再不能把丈夫照顾好，我就让你走，给他再找个女人。"

儿媳在夜里跟丈夫说了这话，儿子很生气，说下次如果她再说要让你走，你就说："You are just that

Cucumber Lady。”儿媳等不到下一次，第二天一早，她就开始叫 Afaf“that Cucumber Lady”。

没有人知道这件事，只有儿子和自己。Afaf 忽然觉得难道这是神的意思，不让她有孩子，就是不让她遭受这一切，可她违背了神意，所以现在要受惩罚。或许就像 Arabi 老汉说的：“一切都写在命书里，没有的，你再怎样还是会走？”

隔天的清晨，Afaf 扒开了门槛下的泥土，拿出装着胞衣的陶罐，扔到了外面。儿子死了，她就让儿媳离开了，自己生活，一个人……她常常去坟墓，别人都不理解，但在那里，她感觉得到了平静。她的爷爷、爸爸、妈妈、婆婆，还有许许多多亲戚都在那座死人居住的村子里，她清理坟墓，浇水，跟他们说话……

后记：航班大概是埃及航空，推荐一部纪录片，讲述埃及妇女的生育困境，一路看得人愁绪满腹，埃及的妇女乃至人类的女性是否找得到解答不得而知，只是“that Cucumber Lady”在活人与死人的世界之间、在终归寂寥之中为自己的生育之途画了休止符。

二〇一六年自约旦返回当日

于上海陆家嘴寓所

琅玕记

@
海 公 子

红绸升仙

缘起：这是一个孩童时代父亲讲述的故事。小时候父母太忙，不会有人在床边或者什么谷堆上给讲故事，于是在我懂得跟父母交流之后，我对我父亲提出要求说，你得给我讲点儿故事，别人小朋友都有父母讲故事。于是我父亲给我讲了一个发生在他的村子里的故事，他没有告诉我任何更多的背景，譬如谁给他讲的，是真的还是有人编的，是根据什么著名故事如《太平广记》里的附会的，还是从别的地方传过来的……他既没回答这一定是真的，也没说这只是个故事……

于是，小时候后的我，把这么一个唯一的、大人给讲的、并不怎么好听的故事深深记着了，一个有关江南村庄、山、水、龙蛇、求仙等等的故事。父亲给我讲的时候，我是小孩子，记忆已经不清晰了，我后来向他求证，他却说他不记得有这么个故事，更不记得给我讲过，所以，我只能勉强按记得的尽力写下来……

故事发生在江浙两省交界上，一个在太湖边上，在茫茫竹海中的小村子……

琅玕村有两处水源，一处在琅玕山上，一处在琅玕桥旁。

先说这琅玕山上的，是有些神奇的，无论大旱小涝，这山头的池子里是水既不枯也不溢，加之琅玕村久远，久远到村里人、县志、文人记的只言片语里通通都找不明白，越问越查就越依稀久远、越依稀没了线索，朦朦地散在了远古神话里。于是这山头说是有神仙住的，池子是有龙的，池水通在山里，不知通到什么神奇洞府所在。山上人常常祭祀，不到山穷水尽的大旱年头，村里没一户人敢去动这小山上的一滴水一块石。若是大旱，村人要在村中长辈带领下好好求过神仙，担了水下山，等一旦落了雨，村头大池子里有了水，就要一担还一担，从山下担了水还到山上的池子里。

所以，山上的神池并非日常用水的来处，而村人天天吃喝淘洗的水都是从村头琅玕桥旁的一处大水池来。说是水池，实在也不合适，池子深得厉害，大得就是个湖，但又偏偏不是湖，是四周砌了池壁的池子，可是究竟是谁人开的池塘，就又是个说不清楚。池子边的石头新旧都有，有些还隐约剩着几个刻字，这字又是什么年头的都有，大多字体古奥，也没人识得。池东首有一通山泉的龙口，终年清澈的水不断，这龙头石材稀罕，龙头的雕工也细密得非同一般，古庙大宅里都寻常少见，不要说这样的小村子里。

在过去，池子的大小基本就是村子的地位，村子越大，人口越多，越出过些富户读书有功名的人家……自然池子就越大。但琅玕村只是太湖边上江浙两省交界处的一个偏远小村，人口也少，靖康后，有官宦归老于此，才有了说得上来历的大户人家……但依旧是方圆几十里之内最小的村子。于是这就很不相称，有水质这么好，又大得像湖一样的池塘……周围村子是眼热的，是看不过去的。好在这池子又不是能搬走的东西，而且是自己村子祖宗留下的，于是也只能如此吧。

前面说过琅玕桥，这琅玕桥在村头，桥是那官宦大家子弟捐钱修的。这桥下，是条小河，河不大，却有些意思。从太湖经东西氿一路而来，一直流到琅玕山前，然后大概转作了地下水流，没了踪影。不对，说错了，是水从山里不知哪里出来，一路流进东西氿。这每年，春汛之时，都有一轰动四方的盛景，就是有一种没人认识的鱼，突然出现，成群结队，无数无数的白鱼，只在水面上漏着脊背，逆流而上，从东氿西氿一路奔到这小河。小河河道不宽，但这些鱼不管，只管争先恐后，如朝拜一般，跳跃着挤压着冲至琅玕山前，然后又在众人眼眉底下不明所以地、渐渐无头有尾地消失在山前。整个几天几夜，从县城到这小山前，白鱼代替了水流，争前恐后，逆流而来，蔚为壮观……

因着这前头说及的许许多多的零碎头绪，琅玕村有些噱头，也有不少断断续续的神鬼故事，把围绕着村子的这些水，说的有些玄乎。最后被远近一致说定的，是说这琅玕山前的水是一路通到天池的，也有的是说龙宫。而山顶的水池，是神女会下来洗手洗脚的……总之，琅玕村似乎是个神秘的要害，是通天的所在。

这些故事说的久了，就变作了公开的事实。不仅村里人，远近都有来祭拜的。尤其是白鱼朝山之盛景时节，更是连外县的，都有不少人来磕头。因为鱼汛，是能求那些白鱼给老天带信的。还有说，如果能找到白鱼入山入海的水口，就能跟着去成仙。

这些事情传得太久远，即便是做了官再回来的读书人也说不清真假，然后最要命的事情这才开始。众人不要用现代人盼着看外星人的念头来看这些故事，在那个年头，江南小村里琢磨着能从天上降临的不是外星人，而是龙。

一年夏季大雨之后的深夜，村中池塘忽然暴涨，且水面再不平静，从暗流涌动，到后来干脆就是一股激流围着水塘边打转，越转越快，狂暴得简直骇人，至天明才稍稍缓和。村里人非但是吃惊吓，更是疑窦丛生，如此之下，还怎敢靠得近前去取水，这才要命。出了这样怪事，自然可以村里人聚头商量了，然后上山担水。但怪事长此以往，总会搅扰了人心，生出妖异来。

事情一天一变，愈加诡谲。一日天色刚暗下来，几个村里虽穷但知道勤勉劳作的光棍小子从田里返回，结伴在桥上走过，忽然漫天红光，一道鲜红的绸缎像虹桥一样从湖里升出来，连到桥头，桥下村人看着这群小子笑嘻嘻地就顺着彩虹上了天，然后又消失在大池中。至此之后，这匹像是天女迈的雀桥一般的红缎子每至夜间，便出现在池面，顺着池中激流围着池边盘旋，还泛着红光。

这红绸常常升出水面，就停在池首的龙头下，龙口中的水晶莹敲打在红绸铺就的拱桥上。众人可以看得清楚，桥面光莹莹红彤彤，光滑得似一匹上好绸缎。于是，渐渐地七嘴八舌各种说法添在一起，就传出来这是老天嘉奖这几个后生厚道勤勉，接他们去成仙，匹配仙女的。

这本可看作乡人的愚妄，但有个邻省来的道士悄没声地选在夜色里进了村，那是个江南有名的道士，进过皇宫的。村里不只一人，看着他上了琅玕桥，对龙头祭拜一番，又烧了些符咒，便向池中散下漫天的米粒。在池中顺激流旋转的红绸竟然就稳稳地升起来，停在了桥头上。然后道人大笑着，笃笃定定，步态晏然地迈步在那红绸桥面上，在夜色里，往着水汽烟雾里走去，然后不见了踪影。

这道人绝不是那种弄点符咒设个道场骗人钱财的江湖术士，是有名有姓闻名江南的，饱读诗书、走遍天下、结交了不少真才实学的大儒，人品也好，但凡发生疫病，总是义诊，也着实有医术，手下救活的人命不知多少。就算不是神仙，在百姓心里，那也是活神仙一般的人。

这事情一传出去，众人心里就都明白了，此事恐怕是真有的，不是传言那么简单。后来，也还听说，这神仙道长进琅玕村之前，特地去向平时交好的亲近友人一一拜别，也不明说要往何处去，只说多年修行，就等一个天机。

此后，在夜色里，常常就有不知何方来客，由琅玕桥上来，跪在桥头，静等虹桥升上水面，渡人成仙。如此年把，有新知府上任，少年得志之人，学问好，人品正，又是出自本县的世家，既然是所辖州县有怪异之事，便亲自带了不少懂堪舆通天文之人来村中查看。村中长老们是诚惶诚恐，但大人并未多说多问，只是静静查看，一夜没睡，天明就离开了。

此时夏初，四边州县竟然接连整月不见落雨。忽然这日，知府大人带着全班仪仗又驾临这小小村庄，说是此地既然通天通海通龙宫，山顶又有不枯天池，便要好好祭祀一番，为百姓祈雨。

这南方求雨不同一般，常常不是一味地求老天可怜，而是要传讯龙王，让他也知晓暴晒无雨之苦。每逢大旱，常见到木刻纸糊的龙王爷被从龙王庙里抬出来，放到日头底下暴晒，脖颈围着大红的绸布好似还怕他不够热一样。于是，村人见知府命人在桥边架起大铁炉，预备烧红一筐筐铁块投到水里的时候，也并未吃惊，体会大人的意思就是让龙王知道人间的地头已经干得着火了。

巨大的铁坨子从清晨烧到傍晚，烧得一个个赤红，远远地冒着热气，把个琅玕村烤得更是喘不过气来。天色全黑下来之后，几个道士开始轮番作法，又将祭祀的猪羊抛了下去。一直不见动静的湖面忽然就沸腾起来，一匹红绸旋转水面，满池红光，猪羊落水之后，只见红绸落到桥头架起了通路，说时迟那时快，早被暗暗嘱咐好的手下同时振奋，将十几筐赤红铁块冲着红绸尽数就倾倒下去。一瞬间，满池冒起腥臭的黑烟，水面如大浪滔天一般搅动，烟雾之中，所有人都看到黑影上下翻动，骇人得厉害，满村的狗齐吠，好像要丧命一样。

如此折腾了一夜，天明之后，整个池面都是血色，腥臭得让人靠不过去。但知府大人不管，堵了龙头水源，然后命村人和带来的人马一齐动手，开了池口寻低处通到河里，又同时令人担水往河里倾，要将池水泄到底。这不是个小工程，足足十天，十成水泄了九成，池底露了端倪，一条大木盆粗的巨蟒盘在水底，舌头摊了长长一条，烧得焦黑处处，竟然就是那条在夜色里盘旋池面的红绸。

知府大人一不做二不休，命人合力拖出巨蟒，开膛破肚，用清水冲洗，满肚子的金灿灿啊……竟都是上好的铜扣子，有些还是金银的，那无数扣子不知盛了多少大筐，被知府大人带着一起走了。

周遭各乡各村听说此事，有些说巨蟒食人，竟如此险恶，又竟有这么多的人求升天，自己送上门，白白丧了命，连扣子都不知积在蛇肚子里多少。但也有人说何曾听说有大木盆粗的蟒蛇，最多有桶粗就是了不得了，这就是龙了，只是在人间，龙角看不到，那些人说不定真升了天，金银铜扣子大概就是买路钱呢……

在琅玕村，那些可以上溯到女娲西王母的故事都仅仅只是传说，然而据我父亲说，关于这条被烫死的巨蟒，和最后收了几十箩筐的铜扣子，却是真真的故事，村里讲了很多代，每个村里小孩儿都知道的。

朝代不同了，因为大修大建，阻了河道，胜景不在，白鱼就真的消失了，再也见不到踪影；琅玕山因为开山取石材，到前些年，已经半座山被劈掉了，而山顶的不老泉竟然也已经枯了很多年了。但村里通了自来水，大水池整修一新，一到夏天，小孩子连带水牛一起在里面打滚，虽然还有些婆婆阿姨吓小孩，说里面出过龙蛇，可是清清澈澈的水面，小孩子哪里信那一套呢。于是老太太只能嘀咕着小心啊小心啊，转身走去。

后记：后来翻志怪或笔记小说，几次见塘出巨练的类似故事，聊斋中《衢州三怪》即一例，日本妖怪故事中也见过一篇。

坟头神兽

——父亲讲的祖父遇上的怪物

整理父亲的东西，文字方面，大量是关于工作的，还有很多往来书信，许多托父亲相助的来信；还有许多父亲写给家人的信……其间充满人情味、事业心和温暖润泽的人品；还有一些，是这几年，我几次督促他记日记以便锻炼脑力而写下的一些文字，大多看着无比温暖无比遗憾无比痛心……心痛欲绝。

其中一篇，是我要他写以前对我提过的故事，于是他写了下来，是关于祖父路过坟地遭遇怪物的故事。过去的农村，来来往往，经过坟地是很寻常的，有时需要走夜路，看见磷火或者一些动物出没也寻常。我自己不相信什么真会现于人眼前的鬼怪神物，但那时候的人们会常常传出亲眼见到的种种故事，我祖父就亲身经历了一则，据说他那夜回来，是生了一场大病的。因我没机缘亲耳听他讲，这则故事是我爸爸讲给我们听的，大概有若干次提及，小时候的记忆是个大概：祖父夜里路过坟地，看到一只像四不像一样的巨兽，后来腾起四蹄，驾着磷火，往东南方向奔腾而去……

后来因为种种缘故，心里极其疼爱父亲，也就更关怀他的经历、他心心念念的乡村和他的父亲，于是会专门问他往事……其中一次，是2008年带父母游凤凰，夜里住在吊脚楼上，跟父亲闲聊，引他说了几则小时候琅玕村的往事，因不想在公开的博客谈太多私事，于是速写了几笔如下：

稍早些的时候，坐在阁楼的阳台上，黄色的月，黄色的塔，还有对岸的喧闹灯火，还有一粒粒剥食掉的一整个石榴，还有那些久远的叙说，是颇惬意的……庞大的似驴似马的动物周身闪着磷光蹲踞在高坟之上，被挥来的木杆惊吓得往东南方向疾驰而去。麦浪如领了神旨一般往两边分开，而碟状的火光从怪兽消失处腾起，往西北方向冲去……醉汉劝那靠在坟边的女人莫哭，女人好不耐烦，终于一把将头拿下放在了脚边，醉汉陡然酒醒，发足狂奔而去……夜过坟堆吹口哨，瓜田里看瓜的人莫忘了时时抖动那蚊帐……下了暴雨，需出去查看地里的灌溉沟渠是否通畅，正赶上日本人在搜查新四军，日本人的子弹穿过腋下的衣服，碗口粗的竹竿击在腰上，跪在地上的整村的人……这些属于另一些人另一个地方另一个时代的故事实在很适合这样的夜晚来讲述。

后来一次就是因为想帮着中风后的父亲恢复些功能，逼着他写日记并写些往事，于是有了 2011 年我爸自己写的这个版本：

抗日战争时期，我父亲和同村的一位乡亲要到一个地方去给新四军联系私盐的事，途中要经过一个坟场，据说，这个大坟场的鬼很多，太阳没有下山，鬼就坐在坟头上，有的披头散发，有的鬼哭狼嚎。我父一定要路过坟场，从坟场中心路过，当他们两人走过这片坟场时，坟地中心的一座最高的坟上有一盏火若明若暗，绿油油的，我父亲他们两人就一人在河边的柳树上折了一根树枝，那人用土块扔向那驴一样大家伙坐着不动，紧跟着我父亲拿起那根大树杈对那头大驴打去，结果大驴就向着东南狂奔而去，驴就在一大片麦地中间飞奔而去。[①]

我当时看了大概问了一下私盐的事，我爸回答说："我外婆家（新建方向—毛塘）是日占区，禁止盐运往国统区。"

结合若干次的叙述，特异处在于这头怪物似驴非驴，

① 此段文字保留父亲原话。

体型非常巨大，且有火光。它被惊动，往东南方向奔去，据说奔腾的四蹄是腾空的，麦子是自动往两边分开的，而且本来蹲坐的坟头上，有一团火光腾起，并往相反的方向冲去……

后记：这个故事本身几次被讲述的过程也成为故事的一部分了。

二〇一四年秋

于海上

为虎作伥

世传虎噬人，人死，魂不敢他适，辄隶事虎，名伥鬼。——明朝人都穆《听雨记谈》

我不记得我是如何由一只幼虎长大的，从我有记忆起，我就是一只壮年的雌虎。我在山林间打发时日，饥饿的时候我试图捕猎，却笨拙得一无所获。吃了很久的腐肉之后，我终于扑倒了一个在山路上摇头晃脑的少年书生。前一刻他还在念念有词，此刻他在我爪下，脸惊恐得变了形，叫也叫不出来。

这是我有记忆以来，最新鲜、最幼嫩的一顿餐。我舔着嘴，打着哈欠回到山洞，心满意足地趴下，完全不担心睡到一半会被饿醒。

不知多久，我睁开眼，漆黑的洞穴里，我的眼前有两点红光，哪个不要命的小畜生，居然连虎穴也敢闯，我虚张声势地大吼起来。我一直吼到天光光，当第一缕曙光射进来的时候，我看见书生就蹲在我眼前，我吓得尿流了一地。至于我干嘛害怕，我也不知道，他脸白白，眼睛在光线朦胧里还渗着浅红色，而且我明明记得我已经把他吃进肚子里了。

在洞里完全亮起来之前，他消失了。如此折腾了十余日，我才习惯了他夜夜相伴。他说他是那书生变的鬼，叫“伥”，他再不会摇头晃脑地对着风月吟诗，但他会下蛊，还会用计。有他在，我再不用担心挨饿，总会有呆头呆脑的人脱光了躺在我面前让我吃。到后来，我的嘴越来越刁，我的胃口只容得下像书生当年那样十六七岁的少年郎，皮肉嫩，又筋骨好、有嚼头，还散着一股叫我心情舒畅的气味。

伥总喜欢叫我将军，我想兴许这书生生前想要从军，如今被我吃了，就只当是我的马前卒，管我叫将军。随便他叫什么，我只管终日吃饱好睡。伥处处体贴周到，帮我驱赶虫蝇，帮我清洁皮毛，帮我剔净牙缝。天热了，我躲在窝里睡觉，他还会做了蒲扇给我扇凉风……我的伥是天下最好的伥。就这样，我们在山里清风明月地不知度过了多少时光。

我吃得好，皮毛就愈发地光华，经常会被雄虎追得满山跑。可是我要他们干嘛呢？他们又不能像我的伥一样给我带来最新鲜的后生郎。伥对我说，他这一生最快活的时刻就是无辜地横陈在我爪下，无助绝望的那一刻。伥还说，现在他每日只专心做我的奴才，再不管什么家国大事，这很幸福。我烦躁的时候会用手爪把伥撩到洞壁上，我磨牙的时候会把伥咬得遍体伤痕。伥只会对着我无比温柔顺从地笑。

我好吃懒做，变得越来越散漫愚钝，伥倒是一贯的警惕，得空就四处巡查猎人设下的圈套。我出洞遛达的时候，他好事先提醒，引导我避开凶险。

终于我和伥的奸情叫这山里最精明的一个猎人发现了。伥带着我下山觅食的时候，那猎人在路上扔了一袭青衫和书卷诗集，伥看着它们出神的工夫，我就掉进了陷阱。猎人们在白天把我关进笼子，带回了村里。夜夜我都听见伥在山林边对着我在的地方不住哀号，我从不知道有种伤心可以那样无望，人的情感果真是畜生所不可企及的，我吃饱的时候就总是心满意足的。

我知道好日子尽了，村人们就等着正日子到了杀了我来祭祖。最后的夜晚，我听着伥的哀号，想着我死了，我的伥该如何？我忽然有些难过，这是我从来也没有过的感觉，很奇怪，但也有点像半夜肚子饿的感觉。

后记：琅玕村这几代的人都知道，村人用计杀了只虎，虎皮拿去供奉祠堂，不几日就被偷了，后来又走失了本家的一个小儿。几年后，山上寺庙里跑进只虎，在住持脚下盘行不去，和尚们拿斋饭养他，半年里尽脱了皮毛，变一少儿，村人上山烧香时就认出是当年走失的小儿。询问他，他说当年在山道上玩儿，看见一年轻后生从山上下来，拿虎皮蒙了他，施了法，将他变了虎，终日引了人给他吃，他虽不愁吃喝，终究心里不愿意，这才跑到庙里来求救。

二〇一七年初

于北京

转身成佛

聊斋先生在泥泞之路上遇到混沌大仙，说自己的故事正写《丁前溪》一节。

混沌大仙问：何人丁前溪？

聊斋先生答：诸城游侠儿，好义！

混沌大仙问：写他作甚？

聊斋先生答：世风日下、人心不古，倘都若丁前溪，知恩图报，又倘都如杨家娘子，贫亦助人……世风岂不醇美？

混沌大仙问：现世偿付、来世果报、永生之乐、天国之福……哪里来的这些？倘若本无这些，你待如何匡正世风人心？

聊斋先生答：这……

混沌大仙又问：为难处，不以利害为念，但以信义当先，立身尊贵的，常常世人看不见，神佛不知道，既没得报偿，反要遭灾祸。天下攘攘，如何能被你个故事糊弄得过去？

聊斋先生答：然……

混沌大仙再问：倘若人死了，便一丝不剩着，既无轮回转世，亦无因果报偿，你又待如何？倘若人世走一遭，本无来由说法，更无崇高要义，不过白白的，慌慌的，这么生了，然后死了，彻底完了，绝无后话，你又待如何？

聊斋先生不知如何作答，于是求混沌大仙赐教一二，混沌大仙笑说：我允你三个问题。

聊斋先生问：神佛何以身照明光？

混沌大仙答：人世繁多杂务杂念，历经此修炼之路，以明澈、无畏、宁静的心达涅槃的境，而此境正在天地间，此心亦随风而化入万物……众人念“佛”，正是把一佛字看得太重，须念得佛也没有了，便入佛境了。

聊斋先生问：俗世如何求得尊严？

混沌大仙答：你那王六郎，为着妇孺之性命，便甘愿不超生，我看他不错。

聊斋先生问：这如何人人做得到，总得有世间可行之法？

混沌大仙答：不求神之赐予，亦不念转身成佛，却行神佛之法，以神佛化己身，以己身立神佛。旁若无人，旁若无神，知行合一。

聊斋先生心下疑惑这等高远论调岂非虚言？便追问：天下如何能人人具德行，事事行秩序？

混沌大仙大笑而去……遥遥听得咕哝曰：这便出离世间了……

聊斋先生蹚过泥泞，一脚泥水，至书斋，不及盥洗，就忙把听得的丁前溪一事演作故事。临县的人说得模糊，不过丁曾宿一逆旅，主人家颇殷勤，丁返家后遣人送去些钱财聊表谢意。

聊斋先生大大发扬彰显了此间或有的恩义，想着唯有如此，或可于世有补，但愿总有人看了故事，下次，非但不诈人钱财，还可施以援手……

甲午初秋

于海上寓所

闹 仙

杨家祖孙三代都是直心之人，世间人人皆有心，但直心之人，却不常见，更不要说几代人。故此，杨家的老房子还有杨家的祖孙，气息与寻常地方和寻常人不太一样，这是点点滴滴的心意映在时空中，随着岁月画下的结界。

杨姑娘祖父和父亲都并不寿长，不到五十岁就都离世了。她自己并不知道自家父祖连同自己有啥稀奇，她只记得，小时候在老宅，她一个人的时候，总碰上不认识的大人在周围来去，大部分时候是一个，有时是几个。一个的时候，就兀自进出他的；几个的时候也会互相看看，通常也不跟她交道，但说不上什么情况下，就也会向着她问说“今天怎没见你爹？”或者说“你家那个酒坛子怎么空了？”之类的，她通常也就一一老老实实作答。最后一次是问她：“你要走了？”

她一直也没搞清楚他们是家里来的客人，还是走错了地方，反正后来杨姑娘跟着家人离开了老家，住进了城市，她在城市里努力读书努力工作，很多年没回去，这些事也就逐渐忘在脑后了。直到有一年家人决定回乡过春节，此时杨姑娘按农村标准其实已经是杨大嫂。一家亲戚，老老少少，坐在堂屋里，扯起陈年旧事，说杨姑娘的爷爷和爸爸都提过这屋子有仙人来，并说了些碰上仙人的情形。

杨姑娘或者杨大嫂才恍然大悟，原来她是见“仙”了，而不是家里来的客人或者走错路的人，当然也不是见鬼。而这些“仙”却只有她爷爷、爸爸，还有她遇得上。

杨姑娘奇怪亲戚们凭什么觉得这是仙而不是鬼，毕竟从来只听说闹“鬼”，没听说过闹“仙”的。她二叔详详细细地给她解释说为什么是仙不是鬼。

一则，她祖她爹都遇上过，而且她祖父走了之后，还跟那些仙一起来过，就是那些仙在她祖父和父亲阳寿尽了的时候，把他们接引走的。她祖父在她爹生前来过三次。有一次有个仙人忽然跟她爹说话，说上次那酒不错，不如给备上一坛子，她爹当自己昏了头，幻听，没上心，结果仙人隔天就跟她祖一起来了。她祖对她爹说，那个酒你就给备上一坛子嘛，这是第一次来；第二次就是告诉他，说下次再来，就是来接引你的。于是，有天一大早，她爹就跟家人说：“我爹来了，我要走了。”

这事儿一大家子亲戚全知道，因为杨姑娘她爹是从堂屋走出来，站到了院子里，冲着院子里一堆人说了这句话。

说完这句话，就冲着日头看了看，然后似乎一阵眼花，闭上了眼，晃了两晃，就倒地没了气息。

二则，虽然她祖父她爹都走得早，但这整个大家子个个人品都好，没有坏习惯，没有鬼迷心窍的，子弟读书都好，娶的媳妇也都是和和气气的，大家没太大矛盾……这真是千里万里都难有的。这足以证明，家里没有鬼作祟，风水是好的。

另外，她祖父和她爹坟上都长出了两棵谁也不认得的树，连村里老人都不认得，说方圆几百里也没见过这种树，特别高特别精神。树干叶子都是香的，上面到了秋天就会有白色的大鸟来停歇，唱的歌儿可真好听，唱上一次，就飞走了，隔年再来……这些奇异的事儿，都足以证明她祖父和她爹是成仙了。

杨姑娘听了这些，尽管小时候的记忆还挺清晰，但她仍旧觉得不怎么可信，就算真是奇异的事，也不足以说明凭什么就是闹仙而不是闹鬼。杨姑娘大概忽视了亲戚们认为世人皆知的一个事实：鬼在大白天是不出来的，但仙跟人的生存法则却比较接近，他们喜欢明媚的白天出来转转，晚上也要呼吸吐纳休养生息；他们食物吃得少，但也不是说绝对不能吃，凡是好酒好果，香气清新馥郁的好东西，他们也会馋；还有他们不喜欢乱跟人打交道，即便你看见了，他们也不打算跟你多交涉，更不要说干扰、吓唬，甚至妨害人了，仙人们实在没空也不屑。也难得杨家老宅清清爽爽，跟他家有些渊源的仙人要是来人间，会稍借来歇歇脚……

杨姑娘和家人是年三十的下午到达乡下老宅的，守岁聊天之后的第二天，大家都起来出去了。杨姑娘睡了个饱，走到正屋，看见他爹正站在大屋正中，仔仔细细地看着她，然后乐，边乐边说："丫头，你也不要你爹了？"杨姑娘没多想，回了句："爹，是你不要我了。"

他爹皱了眉头想了想，然后说："这个死丫头。"又说："你要不还是回来住，你不在，屋子不安逸，他们说来了也没个地方呆呆。"

杨姑娘也跟她父亲一模一样地皱了眉，想了想，说："也不是不行，但得再等几年，等我再干两年，就回来吧，行不行？"

她爸说："这事儿是你说了算，也不是我说了算，你说等两年，就等两年吧，反正也不急。"

杨姑娘说："爸，你是神仙啊还是啥？"

他爸说："大概也算，可这么些年，也没啥法力，所以自己心里也不是特别清楚。"

杨姑娘说："反正你过得好不好吧？"

她爸说："那倒是真不错，我跟你爷爷一起呢。"

杨姑娘又问："爸，你知道我想你吗？你那时怎么不来？”

他爸说：“我没找着路，我走了好久，才走到你爷爷那儿，再能来找你的时候，老跑错方向，好不容易到了，你都不在这里了。”

这时，忽然又来了个人，不是，是来了个仙，从门外一根檐柱里冲了过来，站到杨姑娘面前，跳着脚，一蹦老高，落地再蹦，一边蹦一边嘴里嘟囔着：“酒、酒、酒……”正这时，杨姑娘的三婶婶进来了，两个仙就一同穿过墙不见了……

三婶婶说：“你起来啦，要不要吃水泼蛋？”

杨姑娘看着墙有些发呆，回答她三婶婶说：“我要喝酒……”

甲午秋

于陆家嘴寓所

三起自杀

我听到过三起自杀事件：

第一起——车土的姑妈

熟人小乐跟我说，她爸爸兄弟姐妹几个，有个小姑妈三十多岁，在一次跟丈夫的剧烈冲突以后自杀了，留下个很小很小的孩子。农村里被挤兑得自杀的妇女很多，多到不算个什么事儿，用我认识的一个在外务工的农村女性的话说：都是婆家不要娘家不留的人。所以此处要记述的并不在自杀的原因这部分，而是小姑妈自杀后，父母非常思念，就找了村子里“观亡”的人。据说有此能力的神婆能把亡人“观”上来，亡人的魂灵附体，经由神婆跟家人交谈，父母很信赖，因为彼此间亲昵的称呼外人实在没理由知道。

小姑妈叹息自己在下面地狱里很是辛苦，每天要不停地运土，聊了不多会儿，就说要回去了，车土的时间又到了。父母也并没有什么解决的办法，不过是多烧些纸钱和纸做的豪宅车马等等。

不知为什么，我在这个故事里听到的是：父母很思念。

我认识的那位打工女说，她感激改革开放，她可以出来打工，她说他老公嗜酒嗜赌，打老婆打孩子；她说村里之前跟她一样遭遇的几个都自杀或者被打死了，死了也就死了，没人惦记。倒是其中一个婆家还惦记，就是怕她报复，每年扫墓，都要绕到她坟上倒狗血。她这个年纪赶上可以出来打工了，就都出来了，现在也都有房子有点钱……

第二起——赌棍的男人

在上海时有个小时工是个谎话随口来的混子。为了不来上班，她家的三亲六戚各种状况频出，跟她同在上海打工的嫂子被车撞、得癌症、食物中毒……各种进医院已经不记得多少次，大概她干很多家，编的谎自己也不记得是对哪家说的，说了多少次。

等她第三次跟我说她爹过世了的时候，我苦笑起来，她说：你别笑，这次真的死了，我要回去，上午家里没人，他吊在大门把手上死的。我一时无以应对。等过些日子她回来了，不算太悲伤，但确实戴了孝，说葬礼特别好，请了很多人来哭，都很卖力，哭声震天。又说他们乡下是棺材放在搭起来的小房子里放一年才下葬（厝葬），比城里好，城市都要火葬。总之，她为哭声宏伟的葬礼和不用火葬很找到些优越。

我问她爸爸怎么会自杀，她说跟她妈多年不合，她妈妈嗜好打麻将，别的一概不管，对她爸不好。她爸终于忍受不了自杀了，趁着老婆出去搓麻将、家里没人的空当。这除了叹息一声实在也无法再应答什么。

以后她再编旷工的由头，也就真的没了父亲病重或过世这条。

第三起——The Paul from St.Paul

有一次在男友的同事聚会上跟一个叫 Paul 的美国人聊天，当时我刚从美国回来，经过明尼苏达州的首府，St.Paul，开进去转了一圈，惊异于首府之小之寂寥，跟他说起来，他说：我就从 St.Paul 来。我一时又失了应答，心里想说，您爹妈取名字还真挺会替自己省事儿。

这之后他就转回美国工作了，没再见面。再次说起，是很多年后，一天爱人回来问，还记得那个 Paul from St.Paul 吗？我说记得。爱人说，他自杀了，在纽约的一座公园里，用一把剪刀一刀刀地戳自己，直到把自己戳死了。

我实在想不出这样一个年轻人，在纽约的一家大公司做到中层，结婚没两年，有个出生不多久的婴儿……因为什么这样痛苦，抑郁症？夫妻关系？生活工作压力太大？什么解脱不了的过往？

据说周围的同事没人知道可能的原因，之前也没有征兆，我们也就更不得而知真相了。

二〇一七年夏

于九龙土瓜湾

弄堂鬼兽

八十年代，丽园路 448 弄某号，小孩子说起来，那就是胖爷爷家，胖爷爷是既好客，也受邻里尊重的胖老头一个。我在 448 弄的时间短，人又小，又常常去远在蜀地的父母那里，来来回回，于是记忆就有些断断续续，但有一些片段却是记得异常清晰的。

我在里弄的时候，喜欢跟在奶奶后面，奶奶进出里弄的时候，有时就会带着我到胖爷爷家坐坐，记忆里似乎总是夏天。里弄的邻里互相探访，其实常常并不真的穿门入户，因为室内的空间逼仄，一进门，客厅卧室就通通在访客眼里了。虽然隐私在里弄的生活里所剩不多，那条线一味地往里再往里，但毕竟棕帮床啊痰盂罐啊，并不好看，于是大多是或坐或站地在门口的一小块空地上，随便讲些闲话。

有一次，不知何故，难得“登堂入室”，跟着奶奶坐到胖爷爷家客厅里去了，反而觉得特别新鲜，外头亮丽的夏天，里面暗暗的，蛮阴凉。大人在说话，我满有兴致地东看西看，主人家一边聊天，一边不时观察我一下。沙发靠着的一边墙冲着大门，我从这里游移到通往阁楼的楼梯下，楼梯靠着进门左手的一面墙，我朝楼梯上看看，忽然又被墙上一个四方的洞吸引住了。里弄里很多房子都是两家紧挨着建的，这儿就是两面墙紧贴在了一起，中间有窄窄的夹缝，夹缝里插着几根竹竿；另一堵墙的后面，黑黢黢的，不知有些什么。

好像小孩子很喜欢棍子，我对这几根竿子大感兴趣。老弄堂里地形往往非常复杂，是在不同的年代里一点点生长繁殖出来的。为了争夺生存空间，人类的脑力发挥到了极致，表面看不到的地方翻盖了各种阁楼小间，数不胜数。一堵墙后面又是一堵墙，墙后面又到底是什么、通到哪儿，明明很神秘，但习惯了里弄生活，所有人都习以为常，无知无觉。

所以，我的好奇心仅在那几根手杖长短的竿子，完全没去想隔墙那头黑黢黢的空间里有什么，一门心思要拉出一根竹竿拿到手里玩，摸索、试探半天，终于上手去抓。主人家似一直注意着我，看我动手，就说："不要动，小心鬼抓你手啊。"

小孩子又不懂得怕，而且不相信有鬼，那么小的小孩儿，为啥就是个唯物主义者，实在也搞不清了。总之并不信大人吓唬小孩儿的这套把戏，大概属于跟大人斗智斗勇的经验吧，尤其老太太通常喜欢拿这些并骇不住人的套路来唬小孩，早就失去了效用。我记得好像是胖奶奶开的腔，或者她女儿。

总之，我一意孤行地抓住了竹竿，正企图往外抽，完全忽视了主人貌似和蔼其实坚硬的口气，直到主人家看我不听劝，准备起身。可就在这时一只毛茸茸的大爪动作并不快地伸了过来，一把抓住了我，连着手的，是个庞大的黑影。后来我按照当时的感觉和印象来判断，觉得是一只大猩猩，我觉得主人家养了只比成年男人略矮但更宽大的大猩猩。

我大概开始叫，主人家不慌，一点不像嘴里说的，是只多可怕的鬼怪，慢悠悠的，夏日午后特有的节奏。大概是胖奶奶也或者她女儿在我的叫唤声中走过来，我是很惊恐的，但大人们太镇定，我似乎也不好意思真的恐慌起来。手被爪子大力气地抓住，但并没有使狠劲，就是牢牢握住，也不往里拉，只是抓住我，一时间也没进一步的打算，或者还没来得及。

主人家像慢镜头一样从沙发到达这头，从方洞中伸进手去，拍了拍那只巨大有力长满毛的黑爪，就是轻轻地拍了拍，像哄孩子，那只爪子就松开了。里面那个大黑影似乎也跟着往黑暗里面挪进去。

这是非常惊恐和有别于寻常的一个场景，那个黑影印象里似乎没有衣物，就是一只庞大的黑兽，人形黑兽，满身披毛。我想大叫又没叫出来，屋里阴森森的，但大人们仍旧寻常地聊着天，我就实在不知该如何反应，好像我的手被松开了，也就到此为止了。总之那几根竿子不敢再去动，方形洞口不再敢靠近，一切到此为止。我没觉得有必要问什么，也没人觉得有必要解释什么。

我后来想，我奶奶是不是太专注于聊天，完全没意识到我在她眼皮子底下其实经历了这样诡异的一刻，因为不紧靠到小窗口，根本注意不到里面有什么动静，会以为就是弄堂里那种本来开了小窗，但后来被隔壁墙堵上，只好用来放点瓶瓶罐罐的小窗口；也或者，是有默契，知道是怎么个状况，并不需担心？

我其实当时能觉知，主人家是松懒又戒备着，他们笃定别人看不出什么端倪，而小孩子的大惊小怪、语焉不详常常引不起什么注意，所以就一味地跟或者不知情或者有共识的祖母讲话，间歇瞥过来注意一下屋子这头的动静。

我五岁上下离开这条弄堂，心里一直惦记着下次回上海要再去看看那个洞，看洞里究竟是不是有什么。但真等后来实现了计划时，那墙上已经没有洞了，或者说洞被堵上了。问起祖母和其他家人，因为时过境迁，就被忽略过去了，再后来奶奶也不在了，再后来那条弄堂也拆迁了，一点痕迹也没留。现在是高层的小区，以前的老邻居早散得各处，老一辈的也都离开了人世，所以这个并不严重的灵异事件根本就是溺死在了时空交错里，一点涟漪也没泛起。没人打算回应我留在记忆里的这个其实挺恐怖的现场，好像就是幼年的我自己在午后生了个幻觉。

可是我那么清楚地记得那只巨爪，好像就还抓在我手上，记得那个黑影，手上的毛孔都还残留着被抓住时骇人的记忆。我后来想，也许主人家养着一种特别的宠物，只是我太小了，把它看得格外大；也许这家其实有个患着痴呆，且有些返祖的披满毛发的儿子；当然，我也不能排除百分之一的可能，这家这个似乎比整条里弄的人家都多些见识，颇有些名堂的老头，养着什么奇诡的鬼兽，巨大、漆黑，满身毛发……这家的胖老头，年轻的时候很有些志愿，也有些传奇的经历。但听说，拆迁后随他女儿住，房子小住不下，每天在门厅里拉开沙发睡，最后就老死在沙发上……

二〇一三年五月

于海上

狭路相逢

立新在丈夫病重以后，精神就出了问题，并非是疯了，天天仍旧工作、照顾家、照顾丈夫……然而她完全不能接受现实，也不能接受丈夫真的要离开她了，她拒绝接受将要过没有丈夫的生活。这在她来说，就算事实比天大，人力绝不能改的，那她也不要接受，就是不接受。

病友先他丈夫去了，对方的妻子小张曾跟立新一起照顾各自的丈夫，探寻治疗办法，互相鼓励……一起走过这条如此艰辛和苦痛的路。小张心神俱疲，整个人已经崩溃，孩子还小，又没有兄弟姐妹出来主持事情，立新义不容辞，帮着处理了后事，她陪着小张走过了每一步，包括目送着棺木被送进火化炉。

夜深人静，她想着丈夫也会这样一步步地消失，忽然觉得自己必须做些什么，因为万一丈夫只是昏过去了，万一丈夫还会醒过来，万一丈夫还能再活过来……可怎么办？

立新接丈夫出院了，跟医生说是丈夫的父母要接丈夫回老家，要在家里送走他，在乡下办事……立新确实带着丈夫回了老家，立新爹妈都不在了，老房子没人住，立新找人修葺一新。丈夫停止了治疗，过去那种一日比一日衰弱的步伐似乎反倒慢了下来，似乎平静愉快了许多，几乎像个正常人，跟她一起过着乡间的小日子，只是没有什么能力，非常体弱而已。

立新几乎有幻觉，觉得丈夫一天天好起来了，她每天都深深地盯着丈夫，每天都从丈夫身上看到好转的迹象，并且从狐疑到确定。他们就一起在乡间过着平静安稳的日子，像是再不用害怕，再不用恐惧，安心极了，知道彼此会一直在一起。

然而，丈夫毕竟走了，在梦里平静地走的，不像小张的丈夫，走得那么挣扎和痛苦，溃烂和流血……立新的丈夫只是叫不醒了，不肯起来吃饭。

立新一面明白是怎么回事，一面不接受是怎么回事。她几天不合眼地盯着丈夫，怕他会忽然醒来，怕他忽然醒来，只要有人给他口水喝，他就活转过来了，结果因为没人就会耽误了时机。所以立新就这么盯着，几次眼花，好像看到丈夫的睫毛在灯光下抖了抖……

最终，她明白丈夫不会醒来，真的是死了。她决定保护好丈夫的身体，丈夫虽然死了，万一不知哪天遇到什么办法，能把他的魂叫回来，他就又能活，没有身体，他就彻底没机会再回来活起来了。

于是，立新用了各种办法，守护着丈夫的身体，保守着秘密，等候着奇迹，非常遥远的奇迹或许会到来。冬天过去了，立新知道丈夫不会再睁开眼，她把丈夫装了一口最好的棺木，她早偷偷准备好的，把丈夫埋在了后院里。立新要在这里守着，每天进出看着，等哪天，或许丈夫的鬼魂会来找她，告诉她时机到了，只要翻开泥土、打开棺木，她就能把那个心爱的人还温热的身体抬回家，给他揉胸口，给他灌热汤，然后他就活转来，就像故事里一样。然后他们也不回城市了，他们让孩子在城里读书，放假来乡间跟父母一起，她和她的爱人，就一直在这里好好生活……

立新不是不知道人世间并没有这样的奇迹，可是她又想着或许有呢，没有这个疯狂的“或许”，立新没有办法活下去。她知道她应该坚强，不应该扔下自己的事业，不应该把孩子交给自己的父母，应该勇敢地担负起责任，继续走未来的路，谁知道不会有幸福在前面等着，她本来骨子里就是有力和坚韧的。

但，自己的心告诉自己，真的做不到，她跟别人不一样，她的丈夫跟别人的也不一样。她跟丈夫的魂灵是糅在一起的，没有他，立新就凋谢了，那种失去的痛，立新是受不住的。立新陪着丈夫，是留着自己最后一点儿生命之火，她是在骗自己，她不想自己也去死，丈夫就没机会回来了。她就想要从前跟丈夫一起的生活，老天不给，她也不承认不接受；她就要从前的生活，有丈夫和自己共度的生活。

有村民知道立新在院子里埋了丈夫，但不知为啥，最好管闲事的人也没说什么，立新家这处孤零零的院子就这么孤零零地呆在村庄里。立新常常出来买东西，寄信，她也不用手机，只是偶尔给父母写信问问孩子，她跟路过的人友好地打招呼，一如从前的她。

村人感受得出立新脸上身上笼罩着奇怪的信息，那是忧惧、癫狂、悲愤、绝望、梦幻、恐慌、期待、坚决……所有这些浇铸成了一个似乎随时要在静默中爆炸的星球。村人不怕她，但也不把她当正常人，他们觉得立新似乎已经跟鬼魂定下了约定，也不知怎的，村人在背后逐渐开始叫立新“鬼媳妇”，看见她，会跟旁人说：“鬼媳妇来了。”

立新听了，反而很高兴，她愿意丈夫是存在的，跟她一起存在于这个乡村里。大家这么说，好像丈夫，不管是鬼是人，反正是村子的成员，而她是鬼的妻子，出来办事，跟大家说话。立新虽然不说，但这些没读过什么书、没见过什么世面的村民却知道了她的心意，所以，渐渐地，大家就都当着面叫她鬼媳妇，“鬼媳妇，你寄信啊？”“鬼媳妇，吃过啦？”“鬼媳妇，去哪儿啊？”。

立新会高高兴兴地说：我家那个让我给孩子写信；我

家那个想吃鸡大腿；去镇子上给我家那个买冬衣……

立新给的都是正确答案，她每天要给丈夫做三餐，跟生前一样，一顿不少，她坐在坟头上，跟丈夫一起吃，按着季节、按着丈夫生前的口味，换着来；她每天给丈夫收出一套换洗的衣服，放在坟前，晚上收起来，又放上睡衣，第二天，会把昨天的衣服和睡衣都洗了，又换上新的。

所有的生活细节，立新都找到了办法维持，让一切跟丈夫在的时候保持了同样的生活节奏。立新种地，家里吃的大部分菜都是立新自己种的，菜地就从坟头连着延伸出去。立新跟丈夫吃好早饭，再给丈夫倒好茶，就说，你休息休息，我翻地，你看着我。累了，立新就坐回坟头，也喝杯水，并跟丈夫说会儿话。她会埋怨丈夫说：你真没用，全要我一个人弄，累死了；你好意思吗，让个女人养活你……就跟一个妻子会跟丈夫说的话一样。

家人了解立新的性格和他们夫妇的感情，不想催促她，觉得这样未必不是一个好的恢复过程，村民也在等，等着什么时候这个城里女人会离开。立新不许孩子来看她，她也不跟孩子说话，除了写信安排些重要事情，那是她不能回避的责任。除此以外，她对孩子，孩子对她，都是不存在的。立新恐惧家人的出现，那会打破她的幻境，会让她好不容易获得的喘息和平静又被撕裂，她不可能再承受一次那种撕裂了，她现在基本觉得丈夫就是和自己一起呢，她无比感激这种模糊的温和的平静。

她也感谢村人，因为村人跟她一样，接受这种存在的方式，温和而平静。没有人对她说那些蠢话，什么你要清醒些、振作些、理智些、坚强些，你要面对现实，你要节哀，你要开始新生活……立新最恨这些，她心里想：你们知道个屁。她不允许人跟她这样开口，所以她躲开所有这样的熟人。村里人不同，他们跟立新一起接受一个事实：那鬼是他们村子的鬼，这鬼媳妇是那鬼的媳妇。

她从来没梦见过丈夫来跟他说话，她想，这当然咯，他俩天天就在一起说话呢，肯定是丈夫就在这院子里这屋子里，否则，她肯定会做梦。以前，只要丈夫一不在身边，她就会梦见丈夫，丈夫在身边，她就从来也不会梦见丈夫。

日复一日，立新一个从小城市生城市长的精明女人，渐渐有了点点农村大嫂的模样。肤色因为每天的劳作和阳光，有些酱油色，颧骨有些红，眼角鱼尾纹像光线一样围着眼角辐射开去，肩膀有些耸，很厚实，手上全是粗粗的一层茧子。因为长期独处，不，是跟丈夫一起隐居，精明的神情已褪去，而变得有些木讷。要是过去和她一起穿梭在写字楼里的女同事们看见，哪里能相信这曾是那个风度翩翩的女强人呢。

立新以前话就很多，丈夫话少，病重的丈夫更是没有几句话，都是立新在说，这样的状况拖了很多年，所以现在似乎也没大变。立新几乎感激那最后一段时期里丈夫的身体不断衰弱，几乎已经没有多少现实的存在感，于是，现在，立新跟一个静默的丈夫相处，似乎觉不出大不同，真的跟之前一样。这个衰弱死亡到静默的“存在”的过程，让一切有些模糊和失真，让立新有机会编织了现在的一切。

立新在忙碌之余不停地和丈夫说很多很多话，她在说，丈夫在听，立新看得到丈夫听了她的话，会抬起嘴角笑；有时又会不太满意，就用某种严厉的神情看着她；有时她在地里出了洋相，譬如一屁股坐倒了，她都能听见丈夫幸灾乐祸的笑声。

一年一年，立新伫立在她自设的境界里，忘记了真实，忘记了人可以追求的生活；她觉得幸福和平静，觉得总算没有被一个悲剧淹死；她找到了苟延残喘的办法，只有她知道，这真的是她唯一的办法了。不是她不坚强，人和人、人的经历和人的经历、人的感受和人的感受……那是真的不一样的。所有人都该走的大道却只是她的死路，她的出路在丈夫生病以后，就只有这一条诡异的狭路了。

她不能自已的那部分神经，天天期盼着，自己和丈夫，有一天，能在这条狭路上，相逢，狭路相逢……

甲午秋

于海上

随风随水

英是母亲收养的。母亲终身未婚，是个严谨专注的科学家，年轻时算不上漂亮，加之个性严肃，没有多余的话和表情，所有的时间都扑在工作上，如此，便无意间错过了爱情和婚姻。

母亲自己父母已过世，也没有其他亲人，但并无收养子女以“防老”这类的想法，只是一个单位搞科研的同事早逝，而对方丈夫迅速地结婚并出国了。母亲就这样义不容辞地承担起了照顾一个小女孩儿的工作。母亲把英当作下一代来认真培养，这个下一代不是说非得是谁的子女，而是这个社会、这个国家的下一代，甚至仅仅因为这是一个成长中的孩子，所以要严谨负责地爱护。

英受了最好的教育，有着非常成功的事业，她比母亲更了解人心更务实，在母亲年老之后，英是这个家庭的家长，照顾承担着一切。

母亲病了，弥留之际，神智已不算清明，她流下了泪水。这么多年，英从未见过母亲的面颊上出现泪水，英听到母亲像个小女孩一样喃喃地说：爸爸，我好想你……

英保持着的坚强和理性瞬间崩溃，她失声痛哭，痛哭她如此美好的母亲却一世孤单，没有人疼爱没有人照顾，可母亲却在所有的困难和责任面前，像一株挺拔而木愣的大树一样，从不退缩，坚定有力。英曾认为母亲就是不通世故、缺乏感性的性格，然而，最终，英看到，母亲衰老的躯体里，是个想念爸爸的小女孩。

英想起过往的一切，想起所有的细节，她的心如同被重锤一遍遍砸过再碾过……不堪忍受，她想为母亲做些什么。

她以外祖父和母亲父女俩的名义在老家捐了一所学校，又扶持村政府和村里搞了点事业……做了种种铺垫以后，英提出了母亲归葬的问题。

这村庄在偏远的北方，之前的捐款和投资都非常顺利，得到了热情的反馈和一片赞扬，但对于归葬的要求却先是一片静默，之后无数纷争和埋怨，可说在一角僻壤引起了轩然大波。

英甚至提出只把母亲的骨灰盒埋到外祖边上，立一小块墓碑，不会多占任何地方。

但村人们说，一则出去的女儿不该埋回村里自己家，二则没结过婚的人埋进来，会坏了村里本家的风水……除非找户人家配个阴婚算入赘。

英厌恶这些愚蠢狭隘的用心，以她行事的魄力和手段她也绝不会善罢甘休，但她想，母亲必定不会愿意因为这样的事情起纷争，母亲是个了不起的科学家呢。

英曾经因为自己亲生爸妈的种种纠葛，爸爸对妈妈的不义、对自己的抛弃而耿耿于怀，妈妈病逝前的所有伤心似乎都承接在了英的身上。

是母亲对她说，这世界上的每个生命都是要最终独立的，谁也不是谁的再生，谁也代替不了谁，你只是你。你妈妈已经被自己遭受的背弃压倒，但那是她的遭遇和悲痛，不是你的。你是个新的生命，必须活出自己的庄严意志来，才无愧你的生命历程。

母亲只说了一次，她一点也没有想过一个不到十岁的孩子是否听得进去、听得明白，但英把它当作一条大人给予的命令接受了下来，迈向了自己的人生。她在最初，就感受到了母亲身上最质朴的情义和正直，她信赖母亲。

英想，母亲的人生已经结束了，母亲从无意于给自己争取什么。尽管英心疼母亲，但她应当尊重母亲的生命意志。

母亲曾说过将来自己的骨灰要撒到风景清新、有山有水的地方，让骨灰随风随水散去。英这么做了，她只是留了一小撮，撒在了外祖的坟边，因为那是母亲离开人世前最后一缕思绪，英觉得那也是母亲的遗言和心底最深的惦念。

办完所有后事那天的夜晚，夜深人静的时候，英似乎看到母亲走了很远的路，到达了一处家园，外祖在门口殷殷期盼，终于看见了母亲从远处走来。母亲那样地奔向她的亲人，英从未见到母亲脸上有如此轻松幸福、欢畅欣喜的表情。

那是一个孩子找到了家和大人的表情，英觉得放心了，觉得她已经好好把母亲送走了。

英终于可以让自己心疼母亲的心稍微歇息下来，坐到书桌，打开了明天的会议资料，开始阅读……

甲午秋

于海上

有求必应

父亲暴怒的狂吼声追在她身后，那个“滚”字总像打雷一样，即便是很多年后，也常常能冷不防地在她头顶炸开。那毕竟是父亲，任凭心里有多少主义，有多么坚定，哪怕真理和这个世界都替她背书，你说她心里就真的能没有惧怕吗?

她是怕的，怕什么，她也说不清，她不在乎家产或者家庭的支持，她已经有了自己的理想和组织，未来在哪里她也很清楚，可是……那毕竟是父亲啊!

当年，参加学生运动，父亲也是苦口婆心地劝，到后来是爆发全面的家庭战争，从不给经济来源、禁足到公开断绝关系……

她出走的时候，就没想过再回去，已然没有退路，她就要一往无前，去为理想和那个美好的新世界奋斗，她希望，将来她的女儿，可以过更自主的人生，可以选择自己的理想、自己的爱人、自己的职业，不要受制于人。

在新的群体里，因为出生和成长环境的差异，她并不总能很好地融入，好在这是一个有明确目标和行动纲领的群体，大家有共同的理想，有各自的任务。同志们一起分享各自的想法，一起配合以完成艰巨的工作，于是，一切是激动人心的。

她第一次从父亲手中接过一箱子的钱款时，不能不说是惊异和五味杂陈的。她回到上海，因着任务和理想，她不觉得再次回去那个奔离的家庭有什么不能忍受或者扭捏的。总之，必须一试。

父亲没有问她现在的身份，也没有问她要这么一笔巨款干什么，更没有质疑她凭什么问家里要那么一大笔钱。父亲平静地让仆人把她带进自己的书房，像对待一个合作伙伴，问她此行的目的，她说她需要一笔经费，要购买一些重要的物资，时间很急。父亲问她数目字，并问她采购渠道和运输渠道都安排好了吗？她报了数字，并说其他的已经安排，也不便多说。

父亲让她三天后再来，说现金数目太大，需筹措一下，到时会准备好。父亲把她送到门口，这情形是有些怪异的。从前，只是父亲对一个孩子，现在，却是两个洽谈事情的成年人，甚至因着这层血缘关系，倒更有几分默契，像合作多年的生意伙伴，不需明言即步调一致。她心里有些喜爱这样的气氛和尊重，这也让她更觉热爱自己的事业了。

分别前，父亲只是说，这笔钱，是他这个父亲给自己女儿的，别的他不关心，但也望她既然做事，就好好做事，要有所成。她明白，父亲是大人物，情势清楚前，一切都是暧昧的。父亲这个人情是卖给她的，将来，如果需要，父亲也要她来还这个人情。

只不过，后来父亲带着一家老小去了香港，她也去过，一样是要父亲帮她办事。父亲或许已不需要这条线路的平衡，或者觉得前路也未可知，或者终究是自己女儿……总之，凡不过分，总是按她说的办妥。

终究，她并没能偿还父亲这笔人情债，她死在了父亲前面，临终，只说希望不要告诉父亲自己的死讯，只说她任务已完成，感谢父亲。其实，也并没有人帮她传话，她死后很多年，仍有人以她的名义去找他父亲解决一些物资问题，父亲依旧有求必应。他活到高龄，去世前，也从来没有打听过她的情形，宛如当年，从不相问、有求必应。

二〇一五年

于陆家嘴寓所

说书先生

众人都喊："说书的，你成天帝王将相，皇后美人的，都过时啦。"

这些个听书的，不过是些寻常小民，嚷嚷"过时"，也只是捡小报上的牙慧，你让他们说说凭啥就过时了，绝对说不出来个子丑寅卯来的。

但这说书先生心里却是门儿清。史家作史，不管他怎么作，寻常小民们却不会真去上心，即或读书时候，先生们书本上说了些，也是过眼云烟。即便那求知心重点儿的，没有绝高的悟性和妙手之点拨，恐怕领会的意思也就永远在那点儿老套路和皮毛上。

总而言之，众人眼里所好之"古"，不在先生的课堂上，也不在史书的记载里，全赖他们这些说书的怎么摆弄。

换句话说：

有人铸史——上至英雄豪杰，下至细民黔首，各有各的位置和功过，滚滚洪流，一朝一代，川流不息的人物，密密匝匝的人心；

有人记史——不论谁记的言谁又记的事，不论是实录还是野史，总之有人记了，他们也只管记，算不得写，有的是记亲眼所见，有的是道听途说；

有人写史——这写史的蛮要紧，他们各自有各自所秉持的大义，据着这大义，把过往种种回溯缔结，说与世人。历史究竟为何等之物，后人又究竟该如何据史以决立身与进退，若无这大义，也算不得写史，只能是胡言乱语，妖言惑心；

有人说史——这说史的可了不得，这前头一层层环环相扣，可不都是为着他们准备的。读书人家的所谓“门以两版，丛书其间”，毕竟不是市井常态，而这春秋万代的事儿和道理，不昭告了天下，不齐谐了人心，到底没有生生不息的脉搏，这如何评价功过，正是要说给万民听的。万民要是听进去了，纵是庙堂之上的达官显贵也要事事做到服得了众，不然一样众口悠悠。而将这故事揉搓成形再传到市井的，便正是我们这些说书先生了。

因此，我们这些说书的，顶顶要紧，读史的是我们，说史的是我们，那些个要紧的意思，从书斋之史记变作江湖之听闻，全在我们一张嘴。在一片哄哄闹闹之中，说书先生兀自得意地琢磨着。

话跑远了。总之，现如今，风头有变，那些个写史的，都说历史乃是属于默默无闻之众生的，他们创造历史、改变历史，史书中只见权贵闻达之史，不见芸芸众生之史，那是偏颇，是过往记史和写史的，活儿没干好，太古旧的缘故，或者那秉持的义气过于狭隘了……

这里头孰是孰非，道道可就深了，说书的懒得跟这一茶馆儿的人啰嗦，即或说了，他们怕也不能明白，于是就捡了个便宜办法说项。

“各位，各位，稍安勿躁，稍安勿躁，且听我漫漫道来。这并非是小人本事不精，又或者不能与时俱进，更不能有那反人民反群众的意思。众位且看那西洋童话故事，一上来不过都是公主王子；再看那些个旧戏文里，何处不见佳人倩影、公子多情。各位需理会，这些个公主王子公子小姐，不过是演戏的傀儡和摆布的偶人，就是借他们说个故事。再则说了，在各家的屋顶下，谁又不是主人公主人婆，谁都有眼里的佳人，心上的公子，至于她其实是隔壁的翠花，邻村的王二麻子，又有什么打紧。你就是我的公主，我就是你的王子。这就是说个事儿，各位只需听这里面往来真不真，道理对不对也就是了，众位说呢？”

众人一听，深觉有理。谁没青春年少过，那皇帝老儿建了千秋基业，咱不也曾制住过疯牛，当过全村的产粮冠军吗？当年那孩子他妈，也骚得厉害，心里惦记着这样那样的，后来还不是乖乖跟咱过了大半辈子？

总之，众人是听进去了，心里还颇好受，其实，比起那什么大众史学，说书先生这招数，才真得“大众”之精髓。不仅历史是咱大众创造的，即便那宫廷庙堂上的事儿，也不出咱田间炕头的道理。众人觉得这说书先生果然上道，必定是本城最好的说书先生，说的一准儿没错。明天还得来听，真学不少东西，自己听了，回去跟坊间众人也白活白活，甚是风光。

说书先生成功化解了书场里的危机，如同以不战而屈人之兵的好手段镇压了一次暴动。心里也很满意，觉得自己这些年的书不算白读，不算辛苦，毕竟比这些个贩夫走卒见识高明，很能处理些场面，否则，要是也像东城那说书的，被杯子果子砸得满头包、抱头鼠窜的话，这饭碗儿是再也端不住的了。

听书的心里很美，说书的心里也很美，一时间，书场里一片其乐融融，连屋外蔓延进来的雾霾也似乎看着起了粉红色的泡沫。

有人给叫了好，有人就催着说书的赶紧再往下说……说书先生摇了摇扇子，用白帕擦了擦额头的汗，颇拗造了些身段地幽幽拍下手中那块儿方寸止语……从此，西城这家书场，再没人要求与时俱进，再没人聒噪过为啥成天美人名将、公子佳人。只有这说书先生心下嘀咕：我倒是心里知道几段真故事，那小厮爱上了婢子，有一对儿后来生了七八个孩子，有一对儿被棒打鸳鸯转卖他家……可是我说了，何人要听呢?

这说书先生学识不精，最好断章取义、胡拼乱凑，不过是小小有些智谋，颇能糊弄着这些聚到书场来图个乐的市井中人，那些乡下进城的土人，就更不在话下。舌上莲花，句句风云，过往那些，一桩桩，一件件，在这书场里，一路演义而起，样样得落停，人人有判词。世间终有个“义”字把着，一场终了，一口气总可放下……

二〇一三年冬

岳阳惨案

不知道大家有没有亲眼目睹过当街行凶，有人在自己眼前被刀砍得鲜血淋淋地倒下去，几步之遥……有几个人在双腿发软之余有胆量出手相助？

读聊斋《斫蟒》一篇，兄弟遇巨蟒，弟见兄为蟒吞噬，放弃逃跑，转身力搏，终于救下了兄长。蒲翁赞叹了一番如此兄弟。现在的生活，出行遇野兽已经很少了，倒是常有家人在野生动物园或是海滩遭遇危险的情形，中外都有报道，过滤一遍，很有意思，有父母舍身救子女、有妻子舍身救丈夫，其他则多是抛下或父母或兄弟姐妹或妻子，逃生去了。于是有些好奇，是不是人在紧要关头，都下意识地判断了关系里面另一方的价值、重要性？而只有相较于自身本可以舍但不舍的就是蒲松龄赞叹的义了？

九十年代末游三峡，船一路走，从重庆到武汉再继续坐船一路到上海。出重庆不久的时候，两间舱房因为一张可以坐在甲板上看风景的凳子起了争执。当时注意全在风光，只记得一边是兄弟俩，很抱团儿，于是赢了凳子，神情很是嚣张，一副打虎亲兄弟的轩昂；另一边一路就不吭声了。大家也以为事情到此为止。

到了岳阳，有些人到站离船，其他人下船观光。我们一行刚下了甲板站到码头上，往远处观望路线，忽然人群就起了骚动，才发现仅仅几步开外，一人从西瓜摊子上操起一把菜刀朝着前头一人追上去，追到即往头顶猛砍，一刀接一刀。只记得自己吓得有些虚脱，拔不动腿来躲，原地站着，看着砍人的人往前跑了，被砍的人开始还捂着头、跟着往前追了两步，随即就倒在了地上，满地血。

倒地的正是抢得凳子那家的弟弟。西瓜摊就在一下甲板的码头上，原本插着菜刀的西瓜还在兀自晃动，也不知是临时起意还是专候着报复的机会，吵输的在码头上行凶。他跟着兄弟俩身后下的船，下了狠劲是要把人弄死，一连砍了十几刀，砍完就快速消失在熙攘的人群中，这整个过程中，那哥哥就在几步之遥，木着脸，若不是我们知道这是兄弟俩，他看着不过跟我们一样，是码头上吓傻了的“看客”之一。

就为一个凳子……

我们心头住着的灵魂究竟有无胆气，也只有等事到临头，但愿我们遇到虎豹遇到恶徒的几率都小些再小些，不经历考验、不知道人性的真相又如何呢？

京郊的哥的心事

《聊斋·单父宰》原文：

青州民某五旬余，继娶少妇。二子恐其复育，乘父醉，潜割睾丸而药糁之。父觉，托病不言，久之创渐平。忽入室，刀缝绽裂，血溢不止，寻毙。妻知其故，讼于官。官械其子，果伏。骇曰："余今为'单父宰'矣！"并诛之。

读后语兼记见闻一则。

为了家产，亲人相欺相残并非什么太阳底下的新事，乃是日常而已。

正好此次返京，听一京郊司机述说家事，可堪一记：

夫妇二人原有一独女，因妻子曾有坠胎引产，多年尝试生二胎未果，没想到人到中年，妻子在四十二岁意外怀孕。因本就体胖又多年不孕，孕期中停经，感到不适，都不曾往怀孕上着想。因腿涨浮肿厉害，查了两个中医、几家医院，竟都未查出，中日友好医院也没检出端倪。人胖，平时即有一百六十多斤，将近临产，才终于查出是怀孕了……

总之，目下，女儿已成家立业，儿子还尚在怀中。家中有两处房产，原本说好都是女儿女婿的，如今，他说他改主意了，怕自己身体不好，万一不足寿命供养儿子读完书咋办？遂计划房产一处留给儿子，一处留着自住，若有不时之需，就变卖供给儿子读书；女儿本来就不用给家产，更何况女婿是外地人，外地人不可信，许多不安心度日，多年夫妻的也离婚而去，家产倒便宜了外人云云……女儿自然是有意见的，希望一人一处房产，且要先转一处房产到自己名下，于是，原本清静无事之家，起了纷争……他说天天吵。

二〇一六年初

于北京

洞庭湖大鱼

一九七二年尼克松访华在即，中方通信专家承担保障美国总统专用的通信线路。然而，有故障始终未被排除，线路不通。

我父亲当时在四川，是通信行业的年轻专家，时间紧迫，他在这个时刻被紧急调令调往现场。一辆派来的大卡车，开了三天三夜，父亲说配给的食物有限，他见司机实在辛苦，把大部分食物都给了司机，到达时，已是饥肠辘辘。

偌大的厅堂，一边是大宴会厅，摆着一桌桌酒席，挂着一米多长的洞庭湖大鱼，预备庆功；一边是工作现场，所有的设备和齐聚的专家。

可以想象在那个年代、那样的巨大历史事件下，压力不可谓不巨大。父亲说，考虑到这已经是耗费了所有国内顶尖专家大量时间心力的系统，许多人已经无数遍排查过故障，专家们也很质疑是否一个年轻人就能解决他们不能解决的问题，他当时很冷静，想：问题不大会出在什么明显的技术层面，一定是容易疏忽的环节上，甚至一处连接。于是他没有一头扎进去，而是开始排查线路。最后也确实只是一处连接，当然，大概并不是插头脱落那么简单的连接故障吧。

那时离我出生还有好多年头，我知道这件事，是当日在四川乡下，周围邻居反复提起比画这条一米多长的洞庭湖大鱼，几岁大的我站在蜀地夏日午后的光线里，遗憾自己没见到这么大的一条鱼，就被这些人都吃光了。眉山地处四川盆底，又是资源还紧张的年头，这条大鱼，是父亲的奖金，千里带回，据说所有邻居和同事都分享到了，它无疑令人印象深刻，进入了众人的记忆，被不断提及。

整个事情我上一次听父亲说，也已经是很久很久之前，不是自己经历的事，总不能记的清楚。但我也不想再去问询以添补更多细节，我愿意就是父亲对我直接的叙说，愿意就是我记忆里的模样。

世上了不起的、好听的故事太多，但这是自己父亲的故事，他的故事业绩也有更多或更卓越的，但我想之所以他自己很喜欢这一个，应该是它发生在“初出茅庐”的年轻时代，那时候，英雄尚少年，于是对自己的证明或对事业有所贡献一定也让他本人更觉欣喜和快慰。

我想象，那时出川的道路，尚崎岖，某段泥土路上或起尘烟阵阵，暮色里，一个饥肠辘辘的年轻人，于风尘仆仆中单刀赴会，一米多长的洞庭湖大鱼悬于半空，闪亮的宴会厅、齐聚的专家…….他为那个特殊的历史契机、国家脚步的进程按下了自己的指印。我的父亲，那时，是个穿着灰色中山装、年轻英俊的大侠。

父亲生于杏花春雨的时节，每到春天，我就格外思念，然而今春可能不能赴约，记下旧事一则，以托拳拳之心。

二〇二〇年清明前

于香港

故事新编

@

海　公　子

牧庵逸事

“姚牧庵致政家居，年八十。时夏日沐浴，有侍妾在侧，公因私焉。公起，妾前拜曰：“主公年老，贱妾倘有娠，家人必见疑，愿赐识验。”公因捉其肚围，题诗于上曰：“八十年来遇此春，此春遇后更无春。纵然不得扶持力，也作坟前拜扫人。”公薨后。此妾果有子，家人疑其外通，妾出此诗，遂解。当时士大夫与其子交者，皆传诵以为笑。”——《草木子》

读《草木子》一条，编演作故事一则：

姚牧庵经历了家国兴亡，又经历了宦途险恶，有贬斥无望之日，也有声名赫赫之时。于是，他作《醉高歌》，辞云：“十年燕月歌声，几点吴霜鬓影。西风吹起鲈鱼兴，已在桑榆暮景。荣枯枕上三更，傀儡场中四并。人生幻化如泡影，几个临危自省。”

他曾相逢一绝色歌妓，有诗赞此女曰“坐有一枝春，秀色不可双”。姚牧庵见她卓然不群，又得知她乃官宦之后，命运可怜，零落泥淖，于是致信宰相三宝奴，要将这女子去了伎籍。三宝奴敬姚公人品，又猜想他乃鳏夫，兴许是要收这美伎于身边，成人之美想遂他心愿。但姚牧庵是可怜这女子年轻苦命，认她作了女儿，又将他配了一个十八九的小吏，两人年貌皆相当，才是老天属意的般配。女子与这位卑的小吏甘苦与共，后来小吏官至显位，这当年艳惊四座的美伎也随享至尊荣华。

姚公不好色，也不乘人之危；姚牧庵一生坎坷，最后也算功德圆满。他退休了，远离京华，致仕归家，家在浙江剡溪。

八十岁的一天，正值盛夏，傍晚时分，姚牧庵沐浴之后，于庭园雪松之下歇凉，半闭着眼靠在竹榻之上。屋檐勾心处，树叶在晚风中刷刷作响，不止，庭园角落里，茶水在泥炉上咕咕作响，将沸。

姚公身边有一侍妾，负责姚公的起居饮馔，姚公年迈，早熄了那男女之心，这侍妾也只尽她本分，绝不多事多话。平常时候，只是一边看着茶炉，一边轻轻在姚公身边摇着扇子。

这日，却不知为何，屡屡起身，一时时是帮姚公整理衣袂，一时时又是盖上薄衾，一时时又扇子挥重了，露出半截玉色手臂碰在姚公前襟……姚牧庵开眼打量她，她便作出一种羞涩娇媚的神情，将手搭了上来，要为姚公揉捏肩膀。

不论姚牧庵曾经经历过怎样的春色和孤单，或者如何的潇洒及显贵，此时，他早已是鸡皮鹤发的老者，这年轻侍妾从来不与姚公多做肌肤之亲，此时如此……

姚镛姚牧庵是如何通透明晰的人，多少的风浪都经过了，多少的人世都阅历了，人心，便是他一辈子在颠沛流离间修炼琢磨的东西。他心里便知道，这侍妾有了为难的情由，心下也不知该作何想，不禁暗暗叹了口气。他曾有他“踏雨来敲竹下门，荷香清透紫绡裙”的情事，可那是年少风流，何其优美，而这眼前也着紫裳的女子，又是何其难堪。

于是，他顺从了她，将她搂在怀中，安然也仓促地接受了这年轻的肉体。到了这个年纪，经历了无数起伏，这样一桩事，这样一个无所凭持的女子，姚公能起的所有情绪，不过是伸手轻拍了这女子的发髻，淡淡一笑。

一度春风，天色已黯，隐隐绰绰的树影下，烧干的陶壶发出嗞嗞声，姚公颇觉适意快活，他要起身去书房整理他的诗集，将来身后或可流传于世。

那侍女急急又怯怯地拉住了姚公的衣袖，拜下身来，娇声娇气地说：“主公年老，贱妾倘有娠，家人必有疑，愿赐识验。”姚牧庵笑了，心说，你这女子，事已作实，何用气急如此。但又想她珠胎暗结，心中必是焦灼，既已应承了，就随她吧。

姚牧庵逡巡一遭，捉起这妾侍的肚兜，于上题诗一首："八十年来遇此春，此春遇后更无春。纵然不得扶持力，也作坟前拜扫人。"

未几，姚公便于梦中辞世西去，丧礼之后，女子果有娠，举家果有疑，女子取出艳红的肚兜，上边墨迹犹新。

后来年年，女子携子于清明祭扫姚公，再后来，士大夫与其子交情相厚的，常常说起此段逸事以谈笑，众人皆叹姚公八十尚宝刀不老，且风趣多情……

二〇一四年夏

一鬼一妓

我在那棵乌鸦筑巢的白杨树下徘徊了两个甲子，不知与多少青年男子欢好，再食其骨血。我本不愿如此，虽舍不得不知多少世的福德才修来的世所罕见的美貌，但毕竟性命没了，重赴轮回才是一个鬼魂的正道。

只是当年兰若寺香火鼎盛，父母可怜我花未盛开便夭折，多捐了功德才葬我于寺内，谁想岁代更迭，几十载乱世，待硝烟过去，埋骨之处已是荒烟漫漫。无人祭扫重葬，竟为千年妖物所慑，作了他人觅食的鹰犬，哪里就是甘心下贱。

战火将将消弭，我便为妖物所控，每每不平、心如蚁噬，想我姣好之良家女子，清白身躯，竟要夜夜去屈就那些腌臜、不知姓甚名谁的陌路人，却无计可脱身，苦苦沉浮。人皆传我为妖姬，绝世的面庞，操人命于股掌。无奈，我不过是老妖手中的诱饵，日光一没，便演作璀璨艳妓，只是人间的青楼要人钱财，此地的兰若索人骨血。

在第二个甲子，曾有个过路金华、往苏州去的女子，不知躲避什么贼人，藏身于寺里。月色中，她立于白杨树下，低声沉吟，仿佛有万千苦楚说不出，她见我坟前残碑，端丽的小倩二字，便说：想你必同我一样，孤苦女流，无人倚仗，独自飘零，不知受得几多委屈。今既相逢，少不得淡酒一杯祭你。

我见她与我年龄相仿，久不见妙龄女子流连于此，她如此知我怜我，我心中起了爱慕相知的心意。我从树后出来，她竟不避我，丝毫不露害怕神色。后来，她对我说：一娼妓一女鬼，于这世道间并无甚区别，何苦相妨相惧，你又能奈我何？

我笑了，这女子，真乃解人也，我尚能将那些觉得可白白戏弄于我的男子剥皮吃肉，她却还要讨那恩客们的可怜，撒下银钱，更兴许谁就能是那个良人，可将她收容。

我与她把盏言欢，听她说心心念念的男子，她说他好那清流名声，她便要成就他个美谈，以为自己求一线生机。她说，只要你把世人觉得女子该做的功夫做到绝顶，你把身段柔顺到泥里，忘记自己还有一丝魂灵住在身躯里，取悦于他取悦于他家人，把他的父他的母他的妻他的子，都当神仙般供着，等他们都舍不得这神仙般的味道，你便功成了。

她说，我会细心伺候公婆，如同佛爷祖宗，他们为着这个家，一世含辛茹苦，他们会怜我体贴忠心；对他的结发，要尤其好，那原本是她的家她的夫，她辛苦编织了半世，却无端端多出个年轻貌美的女人要挤进门。你需记着，你不单是求着这个男人的庇护，也是这个女人的隐忍；她说，对他的长子，格外要好，将来，说不定公婆夫妇都不在了，那长子便是家主人，愿他纵使不是亲生的，也还让我几分……

我想她何苦与我这素昧平生的女鬼说这些，与我何干？何用？或许是这些藏在肚子里许久的营谋，演练之前，无人处说说，心里就多几分笃定吧。

她口中的生机我那时哪里明白，我只要摆脱这一个老妖，做一个自在的孤魂野鬼已是知足，又为何要再去像个奴仆似的，伺候这许多个“神仙”。

一个甲子都过去的时候，我忽然明白，好个通透巧惠的女子。六十载都过去，我犹记得她在对我说，都以为我求他那个人，可我哪里还有那份痴心，金枝玉叶都未见得一世能求个一心人，我不求，我只求正正经经为人，到死，他们都得认我是他家的人，不是孤魂野鬼。这本是女子的宿命，奈何老天要绝我这一世，将我抛入见不得人的行当？我不作那苏小小，纵使如何的色艺双全，千百载也都得背个娼字，我本良家子，我本良家子……

她一杯杯酒下去，双颊酡红，尤自一遍遍说，我不求他这个人，我只求他能给我个名正言顺，名正言顺……

老妖将我从生死簿上偷出，为的是永世役使，我成了不生不死之人，再也不会有小鬼来捉我转世。我想那个削肩长腰的女子既能脱得老天的捉弄，我为何不能脱得老妖的钳制，我为何不学她，也为自己求一线生机，谋个前途。

她能谋得沦落妓户就想都不敢想的端正品位，我凭什么不能觊觎再世为人的机会，她不是也说，我跟她不过是一样的，老天给别的女子走的那一条路，偏偏就是不给我们？是啊，老天给别的女子嫁人生子，却偏偏让我早早夭折。世人皆说做女人难，要挣得个凤冠霞帔子孙满堂风光大葬宗祠祭祀……这路固然辛苦可又是多大的福分，多大的福分，他们怕是想不见我们这种，一丝机会都没有的人，永世只能站在旮旯里，心头是多不甘。

从那时起，我就一直在等，等那个会对我说不的男子，我知道一旦我等到了，我的生机就来了。你或许奇怪，既然是拒绝，哪里来的生机？殊不知，那嘴里的不，不过是自标高洁，不屑与低贱之人苟且。自恃君子的，或不屑淫娃荡妇，却绝难忍一个受了委屈的美人，伸张正义、锄强扶弱本就是应当的，何况是为着个真正的美人。你需让他识得，你正是淤泥中一朵白莲，有多少种的可怜与不甘，只在等个不仅有情更是有义的君子相扶持。

你问我可曾等到了吗？呵呵，他叫宁采臣，本朝进士，官封三品……我谨记那女子的话，一刻不曾懈怠地伺候他的母亲和发妻。宁生的原配羸弱，自嫁入家门便不曾料理过家务，婆母年纪老迈，早已觉得疲于应付一家生计，自我来，就接下全副的担子，一切妥妥帖帖；对那原配，我实心实意伺候于床前，孝子也比我不如，直到她走；我生有一子，再怀胎时，便替宁采臣纳了一房妾室；后又替幼弟争得一门好亲事，分家时，让几个弟弟个个满意，小姑嫁妆丰盈……我这续弦的诰命绝不白来。

今春，我的大儿要去赶秋闱，我叮咛再叮咛，路过金华，切切不可借住城北兰若……

还魂本记

泛了洪水，柳生困在江边过不去，大约要耽误考期了。因贪恋女色，散尽家财，生计潦倒，才立意要进取。为了赶考，四处讨要了不少接济，如今，进不得，退又不成，心内煎熬得，竟是面色惨白，颇觉得汤汤水水都下咽不得，竟不知前路在哪儿。

宿于逆旅已有些时日，店家可怜读书人，生意又凋零，故而也不甚催促他，时而吩咐他帮着写写算算，只当折了店钱，好歹算没有流落。

柳生心中苦闷，夜夜是翻来覆去不得入眠，总是到后半夜方勉强睡去。这天夜里，天将亮未亮的时候，朦朦的隐约有些光线，柳生侧身冲着床里睡着，明明面着墙壁，后脑却觉得生了眼，就看着从窗口飘进个白衣长发的身影，软绵绵轻荡荡的，好似柳条般，飘得近前，顺着柳生的身侧，贴着他的后背就躺了下来。后背贴着后背，像两个人粘到了一起，阴冻冻的，也不做任何声响，柳生也弄不清自己是吓得不知道动了还是想动却一丝也动不得。

柳生也疑自己梦幻，可身后的感觉确是实打实的，柳生是被生生吓晕过去的。等再觉醒过来，已是满屋的艳阳，满耳的鸟鸣，入秋的空气沁人心脾……四肢僵硬，好不容易捱着起身，疑神疑鬼地将根本藏不住东西的方寸地搜寻了几遍，确也看不着半个影子。他只不见，墙上那小卷轴，竟空了影画。勉强梳洗了，心中郁郁地下了楼。

扑面的血腥，竟不知是何等怪物趁夜闯进店来，将熟睡的人拖至前院，咬得七零八落，只剩些残肢附着些皮肉……

“那白影莫不是救了我吧！莫不是守在外床看护了我半夜，不然，何故全店只我无恙……”那日的前后都有些模糊了，柳生只是一直琢磨着那白影的蹊跷。

柳生觉得奇怪，仵作和知县老爷自然也觉得奇怪，柳生就如此莫名其妙地背上了人命大案，坐在了死牢里，等着秋后问斩。他天天想着那白影怎不来救他，既然无论如何都要死，还死得冤屈，何不当夜就让他清清白白随众人一道死了。又想那神算的瞎子明明说自己是要金榜题名高官厚禄的，还说是要留下千古文章璀璨后世的……

柳生想那白影来救他想得发疯，明明就是个面目身形俱都模糊的影子，竟然随着日思夜想，有了分明的眉眼。是个极清淡极冷漠的女子，像冷月一样的肤色，总是垂着眼，低着眉，看不着眼底风光，唇色也淡淡，只鼻子尖尖的像片灵巧的刀锋从乌发间露出锋芒。

柳生一遍遍地说："你救我啊，你带我走吧，我不要功名了，只跟你走，只不要在这儿……"那女子在烟尘中如有若无，不发出声息。

日复一日，柳生对着空气说："你救我啊！我跟你走可好！"直到鬼头刀几不可察地削过头颈，那时分，柳生看见女子抬起了眼，抿着的嘴唇展开了，像是在笑："柳郎，随我去处好所在。"

柳生忽然就想起那个从雕栏玉砌的高楼上纵身跃下的女子，喊着："柳郎，救我！带我走……"

柳生给牡丹写的诗，如今还书在伎馆的墙上，并未被刷去，老鸨想叫那些自诩一江春水般的女子们知道：生出这些无用的春情，不过是自赴死地。

那座冤魂出没的逆旅渐渐荒芜，谁还敢去靠近。听说后来有对外来的年轻夫妻在店里住下，把院子和小楼又收拾了出来，常常有看似衙役的，在晨昏交接的时分，压着犯人逆旅于此。这些押送犯人的队伍不明来路，亦不知去向，但远远瞧着，店家倒似生意兴隆。

有老人说，那是阴阳交界不死不生之地，阴间也会给那些注定永世不得投胎的孤魂安顿些生涯，以免怨气太重，淹及无辜。

那兀自姹紫嫣红于荒烟深处的逆旅，悬旌高树，随风展展，三个好标致的擘窠大字书于其上：“牡丹亭”。此处乌有功名、乌有炎凉，只有流年似水……

后记：

牡丹自小被卖在伎馆，都说她曾经是好出身，妈妈对人说她是没落王孙的外宅所生，但编排得再好，不过是要端个好姿态抬抬身价罢了，并不能给人生翻出新章。

可是柳生的出现，让牡丹心生侥幸，牡丹以为自己也会有归宿，将来有夫有子。所以，最后高楼坠下时分，牡丹满腔怨气：我本安命，何苦哄骗于我，终又见弃。

柳生在缠绵缱倦之际，是说过要和牡丹生生世世，可是过往的书生们又谁没说过呢，你问问莺莺燕燕桃红柳绿们，在这烟花世界，她们谁没听过一箩筐。凭什么，就你牡丹真绝色，把相守白头的话当真。

牡丹不该白日做梦，空费心机，枉抛一片情意……柳生耗尽了资财，要走了，有富贾要牡丹相陪，牡丹甩开所有人，从几丈的高楼纵身跃下。她不喝孟婆汤，不过奈何桥，就流离在晨昏阴阳混沌处，誓要捉拿柳生。

柳生并非全然无情，已是身无分文、无颜回家的人，依旧当了外袍和扇坠儿，安葬了被弃于楼下的牡丹。对于风月场中客，柳生觉得自己已是忒多情了些，因此绝无理亏心虚、觉得该被追索情债的猜想。这场情债已了，自己亏了银钱、尽了情义，是该重捧圣贤书，好好图个功名，将来也好于家于国有些益处。

在牡丹亭里，柳生常常做梦，梦见自己高中头名，一路高升，最后作了宰相，子孙满堂……那梦境都真真的，如同真这么风风光光过了一世又一世，梦醒来，就和牡丹经营这间小小旅店，依旧是写写算算，也不费神，恍惚中就过得一日，牡丹日日都是目光如水，在他转身那刻的肩头流连而过。一个个寒暑春秋，坐在旗幡之下，手中百无聊赖拨动算珠，柳生也想，牡丹花下死，做鬼也风流，这世上许多女子，还有谁及牡丹一分姿色，未必就亏了……

二〇一三年夏

招提寺“おに”

小鬼无名，他和许多其它的鬼，我是说那些据说是乘着日本遣唐使船从大唐偷渡去了东瀛的鬼不一样，那些鬼在岛屿上都混出了名声，有些一如既往的为恶，有些几乎快弄到了神格。

小鬼还是一只无名鬼，他本是大唐鉴真和尚手里的一块木头，大和尚动了两刀，似是要雕个什么，但他要东渡了，一次次失望、一次次努力，天皇要拘束僧众、鉴真要受戒传法，起起伏伏，不得旋踵。

这木头却被忘在了时光里，它吊着一口气在心头，要知道自己会成个什么，一吊就经年。再也放不下，他耐烦地等着，等着大和尚继续这项工作，他一点也没想到大和尚太忙，有可能真地就忘了这码事儿，在他看来，他会是什么这个念头已经在大和尚的脑子里，既然心念已在，他也就已经不再仅仅是块木头了，不仅仅是一块动了两刀的木头，一切因果就在大和尚的心里和他自己身体里，等着孕育而生。

他跟着大和尚一回回上船下船，辗转多地，最后住进了唐招提寺，直到几年后大和尚圆寂，小鬼恍然觉悟，自己被镇在了原本是什么和会是什么之间，回不去又行不得，不甘心也枉然。

他终日在庙里黯然地晃着，他想怪大和尚又不敢，只好怨自己命运不济。

岁月蹉跎、一去千年，小鬼还是小鬼，他常常在半夜里坐到增长天王的木像下啜泣，至于为什么要是增长天王这里，不得而知，直到有一天他遇到一个来寺里学徒的小木匠。

小木匠到招提寺学徒，帮着重修金堂，夜了，他听到哭泣声，一次又一次，天生大胆的小木匠围着哭声传来的方向转了一圈又一圈，他以为是增长天王在哭，一趟又一趟往半空中望去，看到天王怒视的巨眼、漂浮在暗夜里的衣襟和披帛。

可是几夜之后，就确定哭声是从天王座下的角落传来的，而不是身在半空的天王那里，小木匠看哪看哪、转哪转哪，直到小鬼被他转得头晕、盯得毛骨悚然，不得不对着他发声："嗨！"

小木匠最终也没能看见这无形小鬼，但他俩可以谈话，小木匠帮小鬼弄清楚了一件事，上了遣唐使船的，只是小鬼执着要成形的心念，而鉴真大师动过刀的那块木头还留在了扬州大明寺……

小木匠本来很想帮帮小鬼，虽然他不会雕什么花鸟鱼虫，但雕个小斗或升，装到大殿檐角下面还是可以胜任的，只要小鬼不嫌弃他只是如此微小的一个小木匠，还仍在学徒，但无论怎样，小鬼总算可以成形，物尽其才地留在鉴真大师的招提寺。

然而，没想到，小鬼无形，木头不在东瀛。小木匠终于无法忍受小鬼的夜夜哭泣，他对小鬼说：“如果你能停止哭泣，我就发誓将来有一天去到扬州，去那里学木雕的手艺，去那里把那块木头带回来，到时候你就不用盼着大师或者我把你雕成什么，那时我手艺已然精湛，你可以自己决定，想成什么，我就将你雕成什么。

小鬼终于不哭了，他开始思考，如果自己决定，那究竟要成个什么。

这个问题太有意思，小鬼成日成日地蹲在增长的脚下苦苦思索，小木匠也没能去成扬州，他很快成了老木匠，然后老迈离世。

小鬼并不生小木匠的气，他从大唐来，太知道路途艰险、往来不易，但这不重要，反正他自己也还没想好，并且看起来离想好还很得有些日子。

小鬼其实很感谢小木匠，小木匠给了他完全想也没想过的新念头，自己想想自己要成什么，这个念头过于新颖，光是消化这个可能性都让他失落和兴奋了许久。

小鬼觉得，当听到了小木匠这个建议的那一刻，他已然心安，他已经得到了命运的解答，只等他在唐招提寺的金堂里冥想，鉴真大师不在了没关系、小木匠不在了也没关系，只要他可以想出答案，至于那时候能不能有人去到大明寺、去找出那块木头，再雕成他想好的物件，都不是问题，只要等得够久，总会有的……

至于在大明寺的历代兴替中，那块木头是否早已不知所终，或早已朽烂于坍塌的九层塔下……小鬼一点都不担心。

招提寺的金堂里，夜晚再不闻扰人的啼哭声，时而却有咯咯的笑声，像是压抑了多么开心的事情，那大概是小鬼想到了什么，觉得乐不可支。

和尚们不介意这笑声，这笑声那么青春、那么天真快活，任谁也不会介意，谁听到了都是福气，跟着一起快活好多天。

后记：二〇一八年冬奈良招提寺购绘本《すみ鬼にげた》，故事半猜半读，但插图精彩，或鲜明或幽暗的色块引出这则《招提寺小鬼》（元旦日写于澳门酒店），现题以假名“おに”代小鬼，以避“鬼”字讳，一哂。

杜十娘

杜老嬎杜十娘是何等样人，在风尘里打滚十几载，见识最多的就是男人在兴头上的誓言。杜十娘没有出过这座城，也没进过几户宅邸，她的青春都厮磨在这座小楼上，但她却惯熟这世上的各色心肠和面目。

十娘没有坊间传言的那等美貌，也就是中上之姿，胜在玲珑的身段儿和巴结男人的手段。十娘也没有说书人故事里那么有能耐，一面她被老鸨钳制在手里，管得死死的，被子里藏的一百多两碎银子是有的，老鸨不知道吗？不过是十几年的皮肉生涯攒了这点，老鸨也就算了；一面院里姐妹间的情义不过如此，十娘的人缘儿也只是过得去，大家都是自顾不暇、寻不着出路的可怜人，谁替她凑出满身的珠光宝气，谁又替她藏东藏西？

至于百宝箱，别说十娘不称此等财富，就是老鸨全部家当也凑不出这么一箱。嫖客们是送过十娘不少珠宝首饰，但也就是小打小闹、小恩小惠，说书先生们以为能吓唬人的财富很好得吗？

李甲是什么人，十娘一瞥便知，但十娘迎来送往了这许多男人，不曾见过有李公子这样好皮囊的，十娘图他年少英俊，说不定成了呢？十娘做的是一笔投机的买卖，反正选谁又不是赌呢？

返乡路上，李公子的脸色越来越难看，他清楚得很，带着十娘，他归不了家。“十娘……十娘……”李甲话到嘴边，一遍遍，就是说不下去。

孙富，年少多金，虽不及李公子可人，但胜在自己行商，有船有铺子，凡事自己做主，纳个妾算啥事儿呀，商人不比那些官宦人家诸多讲究。

十娘在窗口呆坐，唱几支曲子，孙富自窗口探头看雪，掀开帘子，四目相对。院里的女子求个归宿，此处不留，何必纠缠。

说书人喜欢忠烈的婊子，这样最能咒骂那些“正人君子”们，比得他们婊子不如；穷书生们也喜欢忠烈的粉头，又贴人又贴钱，这才有他们的戏份儿。

李公子后来如愿做了官且步步高升，夫人也得了旌表，给他买了两个美姬收在身边。酒酣脑热之际，他也将十娘的妆盒越说越玄，里面的珍珠玛瑙金骨朵儿一次比一次升级。

十娘在孙富那里并不得宠，孙富举家迁徙，却将她丢在别业忘于脑后。

二〇一八年

于香港

红娘心曲

老夫人毁了婚，红娘这叫一个急！莺莺出尔反尔，红娘这叫一个急！

莺莺和红娘是自小一块儿长大的，小姐是主，红娘是仆；小姐高挑，红娘矮壮；小姐漂亮，红娘？红娘也就是眼睛、鼻子、嘴儿一个不少；小姐念过书，红娘嘛，只能小姐念书的时候她在一旁插科打诨要么打哈欠。

莺莺小姐看着处处都好，正是君子好逑的窈窕淑女，名门闺秀、知书识礼，貌似洛神出水、身如弱柳扶风。只有红娘心里头知晓，小姐就是个绣花枕头，会点女红，懂点三从四德的道理，温吞着个性，遇事反反复复，从拿不出个主意，真好似锦绣的囊里塞了糟棉絮，混混沌沌的，成日间不过是想想书生小姐的戏文，再想想自个儿将来的亲事，低头红个脸儿，无人处羞答答绞个手绢儿。

有个啥要应付的，十次有九次倒要等着红娘递眼色，事无巨细都是红娘打点着，明面儿上是主仆，实则倒是红娘做得了主。

红娘心里想得清楚，要是将来出去嫁人，自己一个下人，又没几分颜色，实在轮不上好的，唯有跟定了小姐，做个陪嫁丫头，倒没准儿有个好出身。

听这张生的言辞，定是学问不错，这面上又有股子福相儿，好脾性、软心肠，这两人要是能凑做了一堆儿，自己又能跟了去，可不是再好没有的了？

张生听小姐的，小姐听我的，帮衬着小姐拿捏住了男人，这辈子也不能够更逞心如意的了。

小姐是独女，只等张生将来发了迹，自己若能生个儿郎，这偌大的门庭，可不都是我红娘一个说了算嘛！

红娘心下笃定，夫人老爷不同意，就让它生米做成了熟饭，再回不了头。

张生和莺莺的事，红娘这叫一个热心，来来去去地撺掇，上上下下都是她一个的戏。

附注：十年前旧文，二〇一八年小满改订

连环美人计

范蠡要去找一个女孩子，一个一看就让人从此心动，再放不下的女孩子。范蠡见过许多民间女子、贵族小姐，他并不觉得人间真的有这样的女子，足以叫一个充满野心和欲望的君主放下一切武装，变成一个温情而沉浸于情爱的男人。

是越国的王后，带着一丝不易觉察的老谋深算和刻毒，慢声慢气地对范蠡说："不必急，大可慢慢寻，就如同寻你自己的心上人一般，等你看到那个女子，想要娶她，一辈子跟她生活在一起的时候，你就找到了。"

范蠡并不觉得这话真的指明了方向，他仍感到茫然，可是越国真的需要这么个女子，即便不能成功，也值得一试。

心上人、心上人……早春的泥土泛着芳香，范蠡走在垄头，嘀咕着这个魔咒一样难解的谜题，一抬头，恰在溪水边，范蠡看见了他的答案。范蠡知道，这是个古怪的机缘，找到这样一个女子，或者他这一生只会心动那么一次，却又要看着她离去，似有缘，却别离。但范蠡并没有太多伤感，他的心、他的事业容不下这些，这样一个女子必须被找到、被训练、被送去夫差身边。

这个早春的清晨，是美好的，老天答应了他和越王的愿望，王后也会满意这样一个美人。范蠡对着这个如露珠般的女子微微地笑，他是不冷也不热的，然而这样一个风华正茂的威严的君子，对着夷光轻轻地低下头，如此雍容而充满说服力，夷光以为，她出生时那束神秘的光所昭示的未来，应验了。

越国的王后在看过了那个女孩子之后，对勾践和范蠡说，你们中的一个，需要去爱她，并让她深深地爱上你。这女子的心必须留在越国，夫差将为她倾尽一国，或许只有少女的初恋，能稍稍羁绊住她对母国的忠诚吧。

王后充满恶意地希望自己的丈夫爱上这个女孩子，再看着这女子离去，去到那个让他受尽屈辱的男人的宫廷里。然而很奇怪，勾践的心似乎像个收紧了的鱼袋子，在太阳下暴晒了之后，更是再放不进什么。

范蠡认真地教导着夷光，他不断对夷光述说着吴越的纷争、他们君臣的报复、越国百姓的未来……十四岁的夷光，懵懂的夷光，忽然觉得自己的生命被点燃了。她觉得自己的生命从此充满了荣光，充满了尊严和使命，她明白，她并不能投入这个爱人的怀中，但他们缔结了神圣的关系，这种结合，比夫妻还紧密。他们两个，将以他们的爱为祭品，祭给越王的理想、范蠡的理想，还有越人的福祉。他们两人的爱和越国紧紧结合在一起。

他们将秘密地揣着无时不涌动的热爱去执行这项使命，他们分在吴越，然而天下的命运就在他们两个手里。是的，他们彼此爱着，踩着一颗露珠最初最纯净的爱，这个世界将会变个模样。

这个时代的夫差，已经完成了他体验欲望和实现野心的过程。他忽然觉得，得到一个世上稀有的佳人，与她结成最紧密的关系，让她眼中凝固的波光再次氲氤在自己眼前，让她娇嫩的身躯柔软在自己怀中……似乎要有意思的多，吴国的夫差眼中只有越国的西施。

时光太漫长了，夫差的情义也太浓稠了。很多年里，在缤纷的馆娃宫里，对着执着的只要取悦她的吴王，西施姑娘知道自己不能笑，她只要笑了，露珠最后一点水分或许就全部消散了吧。夷光并不会爱上夫差，永远不会，女人总是分得清她爱谁和不爱谁，要是没有范蠡，或许她会安心把夫差当丈夫，可是，范蠡在越国。西施害怕消散的，是敌意。

一旦太熟稔了，一旦做了亲人了，女人就再也无法決断了。可是西施离开越国的时候，她答应了，她答应要把心留给那个男人。

范蠡从没负过西施，范蠡从没对西施承诺过任何未来，他只是说，他那颗心，谁也不给，他要西施，把她的心给他。奈何桥上，他们会在某个日子各自经过，想必都是坦荡的，因为彼此都履行了承诺，范蠡的心是颗筑成伟业的心，从来也不会轻许于情义；而西施的心，她坚定地系在范蠡身上，她并没有如越国王后担心的，成为断线的风筝。

勾践有些妒忌，这个能臣不仅有建功立业、运筹帷幄的胆识，也还能如此长久地把握人心。其实伟大的越王全然不必由此思虑，论把握人心，范蠡并不如他，甘心滚淌在范蠡手心的，不过是一颗小小的露珠。

当越国的大业铸就，夷光也如同她出生时那道突然出现的光线一样，消失无踪了，连越王承诺她的华美的落幕都没有，只是无声息地消失了。美人总是神秘的吧。君是君，臣是臣，王后得意于她的连环美人计，越国的后宫里多了许多吴国的美人。

而范蠡，他能文能武，能兴一国、能灭一国，竟然还善聚敛钱财，这世界上大概没有他做不到的。众人都说吴国因美人西施而亡，范蠡每次听了都轻轻侧头微笑，胸中溢着一些满足，那种江山手中翻覆的满足。他这一生，做什么做不得，其实美人计也不过是全盘计策的一枚棋子，纵然没有西施，吴国也是一定要灭的。

甲午立春后二日
于陆家嘴寓所

无字碑上
—The Monologue of Wu

有人说，在襁褓中，这婴孩即龙睛凤目；有人说，少女时代，她便有杀伐的果决；有人说，这女人终生跳动着野心，与权力为伍……

然而，我只是明白，天壤间一个人，无所依恃，便只有做一个生存的强者。那么，怎样才是一个强者?

不想受到伤害，不想被别人欺侮，不想被别人左右命运，想按自己的意愿生活……有人或许会觉得这是每个人应该享有的，不！不是！人们只是在漫长无期的忍受中慢慢溺亡，只有权力在握的上位者，并且在人生之路上不停奔腾挣扎的人或许才可偶尔一尝这种不为他人蹂躏的痛快味道。

这味道真可口真酣畅，我舍不得，我爱每一口咀嚼权力时那齿颊生芳、心生温柔的滋味。也只有这时，才能觉知菩萨般慈悲的风度。

何况，一旦上路，便是至死方休。半路打退堂鼓？谁许你金盆洗手?

帝王的权力交接是天大的难题。任何一个靠近权位的人都是可疑者，要么获得权柄、紧握不放，要么就是得权者的绊脚石，必须除之而后方可安枕。

开始，只是为了让自己的处境比昨天好一些，后来是和丈夫、孩子、盟友、支持者……共同的命运。总之，这是条逆水行舟、生死一线的路。

这些尼姑，她们欢快欣喜地看着我们的到来，她们喜欢我们遭遇这样的命运，从宫廷的嫔妃到困于尼姑庵的囚徒。而她们才是这里的主人，被暗暗授命的狱卒，欺压和侮辱我们，给了她们多少乐趣，似乎她们自身微不足道的生命也因此突兀地高大光亮起来，似乎神佛真的加持，让她们成为将皇上的女人们压在身下的大人物。

她们愚昧、凶狠、贪婪，大多出生自最贫穷破败的家庭，不识字，毫不知体面和尊严为何物，诵念经文，是条生路，而非修行超脱的选择……我想，如果我真的怀上了野心，便是在这里，大唐都城郊外的尼姑庵里，因这些以折磨别人为乐的尼姑们。觉悟，对着命运，我得更使力地挣扎。

我不能在尼庵呆着，这里只有每时每刻不停歇的挤压和人性最丑恶最无趣最无力无益的牴牾，肉身的死亡或许埋伏在不远处，然而我的生命其实已终结在这里。

我或许得不到机会，但有机会，我必须离开，我可以安身的，其实就一条路一个地方而已，再回宫廷，如同民间无路可走的女子出家一样，于我，无从选择。

回到宫廷，这里从来无人可供依附，你要么是暂时的盟友，要么是你死我亡的竞争者，如果可能，没人希望与人共存。在这里做个乖驯的女子，那只是一种慢性的自杀，我已糊涂过一世，不能重蹈旧辙……

以今天回想过往之漫漫征程，这条荆棘路上，没有伟大长远的帝王梦，只是一个行路者，耐心坚忍、无可选择地砍掉一根根拦路的蔓生枝桠，搬去一块块尖利的堆叠块垒……路在对危机的抵御和预防之间。

有人说，我不停地杀、杀、杀，但事实上，我从来没有如此蓄意计划，更没有嗜杀的爱好。只是每一次，都是生死的搏斗，一方的死亡是参与角逐者一早即预知的，必然的可能性，愿赌服输。每一个熟悉权力的人都会知道，日常的工作，不单是考虑哪些人该杀、怎么杀，更要苦心经营，该杀的人如何不杀，如何安置又不至成害，甚至仍有所用。

所有的人都叫我母亲、祖母，他们心里再多觊觎和算计，再多不忿和怀恨，也还是我的子孙，正统的帝王血脉，只出于我武氏一支。

关于传位，是我帝王生涯的一大谜题，常常出神地反复思量、反复思量，然而没有出路。有使者自北方来，传说地之极北有大洋，为冰层和冰川所覆盖，有大鱼终年于冰之下游弋。我想，我便是这大鱼，于冰层下奋力向前，以为终有喘息之日，破冰处，茫茫四顾，前无古人，后无来者。儿子是别人的儿子、女儿是人家的媳妇，谁是我的后继者？

有人说：你没能成为不败者，最终，你败了，被人从权座上扳倒了。不，我老了，我的精力衰竭了，我也曾幻觉过，在我的身上，无穷的精力是永远不会衰竭的，然而事实是，随着时间，那些充沛的体力总是一点点流走了。

每个衰老的掌权者，最后的斗争和胜利，就是赢得自己死去的机会，而不是被外力捏住最后的命脉。这并不是一个老朽的生命多么乐于苟延残喘，而是关于尊严，关于对一生作为一个战士的确认。

老迈的帝王，因占据权力而死于政敌的阴谋；老朽的常人，因无用而最后死于家人的有意无意。我，死在黑黢黢静悄悄的宫廷……

二〇一五年小暑后一日

手机敲打于由沪赴京高铁上

又名《武氏的独白》

Salome—退场

漆黑，舞台中央，角色排成一条直线，面对观众，一束灯光亮起，打在答话的人身上，白袍者是魂灵，黑袍者是生人。背景隐约可见月亮、远处的树和上面栖息的巨大的乌鸦，发问声好像从那里传来。答话者一边说话，一边站向前，向左再向右转圈，说完后即站回原位。

“莎乐美！你要什么？”

“这世界太污浊，我要一个清俊的男子，举止不曾粗野、眼中不曾淫邪，忠贞地爱着唯一的恋人。”

“希律！你要什么？”

“我厌烦了这个充满欲望、不断要求和纠缠的臭婆娘，我希望她死了吧！我想无所顾忌、畅快地看着莎乐美，看她艳丽的面庞、赤裸的身体……我也想，约翰就安安稳稳地待在那口井里，让我时不时听见他宣讲无望的预言……”

“希罗底！你要什么？”

“我想希律不要再像苍蝇盯着腐肉一样无时不盯住我的女儿，我希望希律失去他的欲望、他的精力，我希望我可以控制宫殿里的权柄！我还希望莎乐美赶快嫁一个愚蠢恶心的丈夫，每年生一个孩子，很快失去她的美貌和身段儿，变作一个蠢妇！哦，对了，还有那个约翰，谁来帮我把他快快送去见他的‘鬼’吧！还有，我需要一个儿子，如果希律不能……”

“约翰！你要什么？”

“他呢？他呢？哦，我只听闻他的到来，我只等待他的到来，我只躬身他苍白的脚下，为他拂去远行的尘土……”

“叙利亚少年，你要什么？”

“我的莎乐美，高居于白玉的石座上，冷漠端庄，水银的玫瑰，她才不会被那些虚无的表象煽动，她最洞彻一切真相，她最看到世间真正的美。我要把我的心小心翼翼、谦卑地献于她的玉座前，只有她会明白，透过人世浮沉，看清至善至美！噢，不！莎乐美！不要！”

“希罗底的侍从，你要什么？”

“我最好的朋友，赠过香盒与银手钏的朋友，常常痴望着自己水中倒影和莎乐美的朋友，他杀死了自己，早知道，我就把他藏在月光也找不到的地方……”

“刽子手纳阿曼，你呢？”

“谁人是下一个？”

背景音，一片嘈杂，所有的士兵、奴隶、各国宾客都在纷纷叙说，似乎是关于流言、恶兆、宗教……渐渐听不清，灯光也逐渐暗去。

二〇一七年十月十六日

读王尔德《莎乐美》之后

大元尾声

繁华的大都和草原的世界，何处是归乡？

顺帝在广袤草原的深处思恋着大都，那般繁华的大都啊，那般顺心顺意的大都，那里才是他的乐园，而不是无际的可供游牧的草场。这思恋如此绝望，顺帝无法接受就这样失去了大都。他坐在毡帐里，作歌曲而哭。过往的酒色生涯、草原上的饮食，灭国的悔恨……消耗了顺帝的生命力。

这是个通晓天文地理，如此巧惠的天子。他也曾满心壮志，要作一朝明君。然而，一切都那么艰难，他稍稍觉得疲累了，稍稍不愿再日日身处纷争中，一切就败坏得没有办法。他没有怨恨过那些回回的财臣，西蕃的僧人，也不怪高丽的皇后，还有他的太子……

马匹和车辆卷裹着许多的珍宝和他一起离开了大都，甚至是最好的那些，可是，顺帝再也不能用珠宝制作华宅的模型，再轻易将它们毁去。从前，身边的亲信们喜欢唬骗顺帝，说他天才设计师般的脑子里想出的样子已经不新鲜，大都早有人家有了一样的。每次一斧劈碎了巧夺天工的饰满珍宝的模型，他便回到内庭苦思，势必要琢磨出世上绝无仅有的式样。而大殿上，是躬身争夺珍珠玛瑙碎玉猫儿眼的侍臣们。

顺帝很思念，他但愿能再砸碎模型，洒满一地珠宝，让众人纷纷捡拾……大都，大都，心也碎了。顺帝一面如烈火焚心，一面又心灰意懒，失去了大都，似乎一切都不再能让人心醉神迷，羊羔般的少女也不能让人生出一丝涟漪。金帐周围是无际的绿色，可顺帝觉得，在重重精美的宫殿和庭园里竖起的金帐，才有着幽深的趣味，没有大都的映衬，那些上师、那些美人、那些宠臣……都显得既没有光彩也没有意趣。

顺帝也曾追想过他是如何失去了黄金家族的荣耀，失去了自己的帝国，但牵动心肠，叫他感到煎熬和渴望的，仍旧是大都，只是大都。蒙古的贵族们倾轧交战，无一时停歇，顺帝甚至想：你们打吧，打吧，那些地方你们便占着吧；朱元璋，难道黄河之南还不够吗……我只想留在大都，呆在宫殿深处，画出世上最精细的图稿。

顺帝做了许多正确的事情，他斗倒了跋扈的权臣，启用了脱脱，进行更化，建制了大元唯一的法典，恢复科举，平反冤狱，祭祀太庙，编写宋、金、辽三史。如果不是元气已然耗尽，黄金家族的荣耀是可以重放光彩的，一切已然具备，大元的命运可以朝着正确的方向走下去……

赋税减了，中原过往朝代帝王们做的事情他也开始做，他遵循着世祖的作派，一面主持着佛教的仪式，一面听儒臣们讲解经书。蒙古贵族和色目的财臣不可一世，然而汉臣贺惟一也掌着权柄，甚至逐渐启用更多的南人。他和脱脱盼望着一场中兴，可是一切似乎都晚了。

天纵英才的世祖啊！顺帝在星空下仰望，他想着世祖巧心安置，让诸王不断争斗，让汉人和南人种下芥蒂，让南人痛恨色目的商人、西蕃的僧人，倚仗回回以敛财，利用喇嘛以统治藏人……可这一切没完没了、愈演愈烈的争斗，并没有让大元的江山万统，大元在从一开头就种下祸根的争斗中过早的坍塌崩溃……

那一夜，通州已陷，顺帝出建德门，一路往北，不敢一时停歇，马蹄落在寂静的街面，第一声惊心的马铁和石头碰撞的声音响起的时候，顺帝心惊，那一刻，他已经开始追悔，开始思念。自那以后，他无一刻，不在筹谋着回到大都，直到两年后，草原上生硬的食物毁坏了顺帝的肠胃，痢疾让顺帝唇齿发白，面色灰暗，最后一丝生气也溜走……

二〇一四年夏

离乱长安

玄宗未跟他的臣子们通气，偷偷地带着亲近溜出了长安城，在偌大的城池里留下了无数皇亲、权贵还有小民。

安贼铆足了劲备战，准备在长安城下大战一场，占领这座神奇的城池和宫殿，让它变作自己的城池和宫殿。这是他欲望的枢纽所在，却全然没想到，长安城不战而下了，只可惜迤逦的迷幻的烟云，似乎也因为最美的女眷们的出逃，而散掉了大半。

玄宗杀了安贼的儿子，安贼抓不到皇子皇孙们，就杀了许多王妃公主驸马……

玄宗的驸马投降了安贼，玄宗的姐姐被挖了心肝，玄宗的妃子肋下插上了尖刀……

还有德宗的生母，也在这场混乱中辗转失了踪迹，尽管为她在含元殿立了牌位，在史书中有了皇后的尊荣，然而她在一场惨烈的城变中，究竟是如何生与死的，是否得到了人之尊严，又有谁知呢?

《全唐文》与《唐大诏令集》中都收有《收葬遇害王妃诏》，有王妃与其幼子遇害于礼院门，有诏为其安葬招魂。身为皇妃的江采萍，亦死于长安城的这场乱局中。虽然没有这么一纸诏书混在史书中，但据说归来的玄宗听说被他弃下的梅妃死于乱军，伤心地写了一首追念的七绝。后来有人在一棵梅树下找到尸体，玄宗令以妃礼改葬。不过一个没有名字的惨死的王妃尚且为其发了收葬的诏书，在乱世中失去踪迹的沈珍珠也有德宗十几年的寻访……梅妃是否自始至终都真的只是香魂一缕，还真是费思量费口水了……

长安城的名流们，如王维、颜真卿、李白、吴道子、杜甫等等，托病的托病、自杀的自杀、投机的投机、出逃的出逃……

至于诗人杜甫遇到的那个腰间结着宝玦青珊瑚的年轻王孙，当日他于道边嘤嘤哭泣，衣食乌有着落，求为人奴，以解困苦，不知最后是否得其所求以偷生于乱世，又是否等到玄宗重返长安城并得以恢复他往时的好日子？

在混乱的逃亡和一片杀戮之中，所有的人都在往宫殿和长安城之外疯狂地逃窜，却有个不知姓名的小民逆着方向，骑着毛驴进了皇城，上了金銮大殿……不知他只是为了珍惜这奇特时空下出现的金銮殿一日游呢，还是其实他与安禄山的理想相去并不远，只是机遇不同而已。

有人说玄宗出逃匆忙，在路上忍饥挨饿，并受兵将们的挟制不得不处死贵妃等等，然而玄宗在出逃之前便假编借口，搬到离闹市远的宫殿，以备出逃时不走漏风声，又早提前调度好了大量钱粮辎重。而至于逼宫玄宗，不发的兵将们只是声势，主事者是太子勾结了力士？

只是安禄山草莽，他徒徒羡慕玄宗那奢华精致也不乏情趣和典雅的排场，以为占下了长安城，他就可以拷贝三郎的生活。《明皇杂录》有《大会凝碧池》一条，载：“禄山尤致意乐工，求访颇切，于旬日获梨园弟子数百人。”玄宗是大唐的天子，是梨园的祖师，这两顶冠冕却在安禄山的视野里模糊了边界。

舍本逐末，杀了奏不成曲的乐工，坑了不愿起舞逗趣的百兽，逼死了不愿附庸的诗人……安禄山没得到三郎式的立派，不过三郎的宫廷也永远留在那些好听的诗和越传越玄的故事里了……

边疆局势的种种起伏，朝廷不得不倚重安禄山这样的人才，游走于胡汉之间，催得动各路的兵马。只是他大概应该让鄙夫就呆在乡鄙，多赏些好处，而不该把他变作宫廷的宠儿，向他炫耀皇家的情调。那些乐舞，那些美人，那些酬唱，那些似乎再富贵也得不到的乐子……安禄山以为，那样的情调，只因为三郎是长安城的主人，三郎有贵妃这样的美人儿……

附注：事实上，文字的最后部分有为了呼应原题《长安城的主人》题目之意，至于安禄山的反叛，倒不全取决于他是否见识了长安城的繁华和宫廷的美丽，权势坐大，野心使然，常常是一条不归路，只能朝着顶峰，一路向前、向前……

二〇一三年六月

金色城池

南迁之后，大宋的皇帝们很忙，除了军政大事，还有一项常规项目，是“禁奢”。一歇歇是“销金之禁”，一歇歇是禁白之令，一歇歇是通衢焚翠……

当日临安城内外，奢华成风，不论显贵还是民间，都酷爱销金服饰，即以特殊而精湛的技艺将极薄的黄金装饰到服饰上，据说是蔚然成风。装饰在服饰上的金色深深浅浅、层层叠叠，贴金、缕金、间金、圈金、剔金、陷金、解金、明金、泥金、榜金、背金、影金、盘金线、金铺、蒙金、拈金线、真金纸……一城之内，从此业的金铺达数百家，销售的商贩达数千人。

难怪远方之人遥想临安城，要猜想那是一座金子一般的城市，临安的城池虽不能固若金汤，但那时节，临安城中，上上下下，男男女女，真的都是闪着黄金的色泽。“风俗典礼，四方仰之为师”，当日的临安城率领着整个天下的风尚，都城的金色服饰，牵动着整个大宋朝趋之若鹜，连偏远乡下的妇人也要紧紧追随着临安城里的走向。情形之严重以致高宗要在两天之内连下诏令，一再申明政府对销金一事的严正立场。

可是群众们手里有了钱，如何能抑制人们对金色的嗜好和对美的狂热。大概绍兴二年这次销金令起到的作用实在有限，皇宫之中不再金灿灿了，临安城中却依旧癖好未改，想象妇人们大概仍旧穿着郁金香根染成的黄色裙子，裙幅上星星点点，闪着金色的光芒……于是三年之后，高宗不得不再次下狠心禁止销金，这次矛头直指临安城中广大的妇女群体，禁止妇女们再穿任何点缀着金色的服饰，如若违禁，不仅自己要获徒刑，丈夫或家长还要同罪连坐。

帝王的禁令绝非一纸空文，那是徒三年的重罚，而且重赏告发者，帮着制作的工匠也罚作同罪，而邻里不觉察不主动告发的，也要罚，家里有而不主动销毁的，也要罚。

这是绍兴五年，如此严厉的禁令居然仍旧收效有限。绍兴十年，这项禁奢的工程仍在继续，高宗在秦桧的协助下继续严打临安城的嗜金风潮，在整个都城内张榜，限全城三日销毁，否则严惩不贷。为了抑制临安城里华丽的服饰，皇帝的禁令一发再发，高宗的绍兴二十三年、二十七年，孝宗的隆兴元年、乾道元年、淳熙八年、九年，以及此后的光宗、宁宗、理宗……并发展到率先将宫中搜查的拿到通衢焚烧，期以儆效尤，并一再加重惩罚，然而常常是“曾未数月、冒犯如故”，于是决定严打要从源头抓起。临安城的金匠集体倒了霉，金铺关门、强制改业、没收工具、杖罪科枷……

同样受到禁止的，还有美丽的翠鸟羽毛，高宗下令，将交阯进贡的六百支翠羽在闹市当众焚毁，从宫中开始为天下示范，举国上下皆严禁以翠羽为服饰。以今日翠鸟成为如此稀有的保护动物，可想而知高宗的禁令成效如何；显贵们从北方来到南方，不适应盛夏的酷热，为了贪图享受舒适，在盛夏时节穿轻薄的白色夏衣，这种颜色在当时看来，并不适合官员们的身份，于是也是受到禁止的项目。

大宋的禁奢令几乎和其兴亡相始终，从朝廷北来，到皇室南奔，临安城的兴盛与覆灭。临安城最终褪去了神奇的金色，然而却并非因为高高在上的帝王从深深的宫禁中发出的一道道敕令，而是在入侵者残酷的铁蹄践踏之下。

值得讨论的，不过是金色的服饰是否该上“服妖”之名、预示城池的覆灭？还是城池本身的覆灭再不能庇护人们对金色服饰的爱好……

甲午冬

美男子浑良夫助蒯聩发动政变，蒯聩做了国君，却并不打算庇护得意忘形的浑良夫。美男子盛装出席国君的宴会，却于宴席之上被罗列了三桩死罪：“紫衣、袒裘、带剑。”两桩都是衣服没穿对，僭越了自己的身份。顺着这场宫廷政变的推演，除了美男子浑良夫，还有两位大人物也最终丧命，而偏偏三桩“命案”，都跟那时代之服饰制度和风尚有关系。这两位大人物，一位是政变的主角“蒯聩”，一位是孔子弟子中我们最熟悉的“子路”。

蒯聩是卫国太子，企图谋杀父亲卫灵公的宠妃南子，事情败露而被迫逃亡。蒯聩此人无信义，人品实在很差，并且因胆小被讥为“女人”，《左传》不喜欢他，不给他身份，只称为“卫世子”。灵公去世，卫国人拥立了蒯聩的儿子辄，南子活着的时候，蒯聩不敢越雷池一步，南子死了，蒯聩就开始谋划着联合在国都的姐姐伯姬，准备从儿子手里夺回国君之位。浑良夫就是在这个背景下出场的。

他是伯姬夫家的家仆，丈夫过世后，伯姬与浑良夫私下交通，他作为亲信被派去接应蒯聩。接应的办法，就是两个人男扮女装藏匿到伯姬家。男子着女装，以儒家传统来看，恐怕正是预示着最终悲剧性结局的妖异吧。

蒯聩胁迫着外甥孔悝发动了政变，子路就是这个时候出场的。他是个勇猛强干之人，孔门十哲，子路是《论语》中出现最多的弟子，也是孔子最重要的弟子，始终追随孔子左右。在《论语》里孔子也批评他，他也批评孔子，但无疑，两人是情深意重的师徒，子路终生忠于孔子，是为老师出力，将老师放在心上的人。

他这个阶段正在卫国为孔悝效力，于是不顾旁人劝阻，忠于职守地深入险境，与蒯聩派出的人马交战，在激战中受了伤，据说是被砍断了系冠的带子，“君子死，冠不免”，有说子路为了不坠冠，坚持结缨正冠，于是被杀死；也有说，是临死之前最后一刻，子路一定要结缨正冠，而后身死。冠是一种身份和资格，他的意义，有时候就是一个上层社会成年男子的性命。

蒯聩在政变中获得了胜利，但出尔反尔，政变之前的旧臣或助他政变的功臣，或流放或杀害，人心尽失，连浑良夫也因为帮他而得罪了太子，被这父子俩找茬儿弄死了……这一政治事件中相关的第三起“命案”，正是蒯聩本人。子路是他杀的，浑良夫是他杀的，这回轮到他自己了。这一桩，仍旧跟当时的“时尚”有关，是女人的发型。那时女子好高髻，很在乎长发之美，于是常常需要用到假发来充门面。而下层妇女，有时迫于生计，便将头发剪下出售，好的假发，价格非常高昂。

蒯聩在重重政治斗争中失败而溃逃，无处可逃，只能逃到国都附近的戎人那里，可他之前拆了戎人的城墙，更可恨的，他年初在高台上望见戎人己氏老婆头发长得美，竟派人去剃光了人家的头发，拿回来给自己夫人做成假发戴着。不知先秦的人如何看待，以今天来看，真是“缺德到家了”。现在，他不仅跑进人家城里，还跑到己氏家里，请求庇护和收留。

结果可想而知，蒯聩想用一块美玉换自己一命，己氏回他，拿了你的命，你的玉也跑不了。蒯聩丧命。

春秋末年，卫国的一场政变，一袭紫衣、一顶高冠、一头假发，三条人命——国君、君子、仆从。先秦时代，这是以服饰风貌串起的一桩政治事件，它也只是那个时代的小小缩影，并非特例。衣冠后面的政治、权力、利益，和衣冠本身具备的外在之美，触动着整个社会风尚的变迁。

而除了子路，因冠而丧命的，还有一个知名“案例”，这次，为着带了顶不适宜的冠，儿子被父亲杀了。《左传》记载：“郑子华之弟子臧出奔宋，好聚鹬冠。郑伯闻而恶之，使盗诱之。八月，盗杀之于陈、宋之间。”而关于这顶冠究竟为什么而被认为不恰当，以至于竟然到了导致身死的地步，有两个版本，叙述如下，观者或可以体会，究竟在那样一个时代，风尚是更体贴了审美，还是预兆着阴谋。

丧命的主人公是郑国国君的儿子，太子的同母弟弟子臧，郑文公认为太子子华勾结其他诸侯蓄谋不轨，杀了子华，子臧怕受牵连，逃去了宋国。

版本一，是说他爱美、爱雕饰，喜欢用鹬鸟的羽毛装饰头冠，以之为美并“好之成癖”。这种鸟据说产自南方，中原非常不易得到，所以子臧要“聚”，费心收罗来用。而这种奇装异服正是被正统诟病的“服妖”，与君子的身份不相称，是不祥之兆。郑文公极其厌恶，于是雇佣杀手把子臧诱骗到陈、宋交接之地，要了他的性命。

版本二，鹬乃一种水鸟，预知落雨而鸣叫，以其知天时，掌天文者冠之。《逸礼》曰：“知天文者冠鹬。”子臧并不知天文，却戴这样冠，一方面是与身份不称，一方面，如唐代杜预所注，子臧有复仇回国之心。他与那些带着鹬冠的能预测天人之变的术士常常一同出没，郑文公实则是觉得子臧如此嚣张的行为已经明示他会有所图谋，于是先下手为强。

古代人与人之间的“序”，犹如今天的法理。对于当时的社会，地位和序列明确了，也就明确了行为，正像我们今天按法律来约束自己的行为相近。服饰对人之间

“序”的标明，好像交通标识和信号灯，随时提醒你遵守交通法规。

服饰、颜色、冠冕对应于社会地位，今人有法可守，古人有服可依。人与人一见面，即已经知道彼此在社会里的序列，年龄的、性别的、地位的……互相该如何以礼相待，如何行为。

附注：

此文亦或可称为《一场政变中的三桩命案及两例因冠被杀的案例》。

春秋战国，已经是个“礼崩乐坏”、等级制度处处受到破坏的时代，此时群雄并起、逐鹿中原，为了军事上的竞争，各国也尽其力地发展农业生产、手工业等方方面面的技术，技术的进步，会体现在服饰上，当时的人们，上至国君、下至百姓，在面料和染色上，都较前代有了更多的选择，正如亮丽的紫色吸引了桓公一样。这个时期是个“时尚”大爆发的时代，比之过往任何时候，都是服饰上最注重和讲究的时代。

在我们的生活里，新奇的服饰大体不算太坏的事儿，至多只是侧目和讪笑，大多时候总不至于被扣以污名，甚至要担上身家风险。这种污名即是出现于史籍或文人口中的“服妖”。当冒着死亡的风险，也要穿件新鲜的衣裳，这是怎样一种精神？为了找到一个“时尚”在古代的对等物，我们或正可以从说明“服妖”开始。这个妖异，是“时装界”的新动向，是古典时代的叛逆，正是所有被冠以“服妖”的行为，触发了过往大多数服饰的的新风尚。

广义上的服妖大概最接近我们今天所说的“时尚”，在传统社会，任何不同于自上而下统一规定的服制的，“人弃常则妖兴”，都会被指为“服妖”，任何不同于一般的式样、颜色、穿着场合 ...... 任何对服装的新尝试。如果说，服制是传统社会一个最突出的特点，“服妖”正是对这一制度最有力、最顽固的反动。

有时，它是反等级制的一种僭越，有时，它是一种浑不讲理的追求奢华，有时是为了方便而接受外族的服饰，有时是为了美不顾一切，有时又是一种女子着男装或男子的服饰越来越精细秀美甚至女性化的倾向。所有这些行为，在每个时代，都受到正统儒家的批判，并认为这是毁家灭国的征兆。前面提到了子臧戴与身份不称的冠，是奇装异服，“服妖”正征兆着他后来丧命。

新的时尚在任何时代，无外乎就是不同于当下大多数的一种新变化，人们总是在刻意的追求着不同和变化，这种尝试，实在是一种极其顽固的力量，充满了生命力，即便冒着被唾骂甚至丧命的风险，每个时代的“时尚弄潮儿”

们，都决不放弃为作奇特装束而钻政策漏洞和管制疲软的机会。不免想象，倘若把历史记载中所有定性为“服妖”的式样，按时代先后，一个个排列，做博物馆式的陈设，呈现在我们眼前的会是怎样一场时装秀？

在这些各式各样的服妖里，罪行最严重，是对男女性别的混淆。各种记载和笔记里，混淆内外（即男女）的事物多被冠以“妖”，譬如两性人、扮作异性的人、男性生子、女子娶亲等等这类颠倒阴阳、错乱五行的奇异故事都被称做“妖”、“人妖”或“妖人”。按谶纬之说，这些现象的出现，都是恶兆。妺喜戴冠而国灭，何晏着裙则家亡。

与今人相比，衣冠制度对于社会和个人的约束控制，远远超出今天我们所能做的设想，界限森严，以服装标识出不同的地位等级，并绝对不允许混乱。先秦的时代，是个穿错衣服会亡国丢性命，坚持穿对的衣服也有可能亡国丢性命的的时代。

先秦的冠，只属于君子，女子、小孩、罪犯、外族、平民、奴隶……都不戴冠。孔子之前，是出生上的“贵族”君子；孔子时代，又加入了另一只队伍，受过经典教养的“教化”君子。

传统服饰的理念核心是等级制与礼教，服饰制度是树立权威和实现统治的重要框架。它代表的国家威仪、政权的合法性，穿得是否得体，大到国家，小到个人，牵系着整个社会生活的方方面面。有汉学家在企图向西方人解释中国的传统服制时说：恐怕只有今天等级分明的军装军衔制度，可以使人想象和理解中国历史上对服制森严和繁缛的规定。

甲午冬

后　记

所有篇章成于十年间，三十到四十岁。这十年，确如弹指一挥间，十年前我还是年青，十年后，竟然就迷失津渡……细算算做了不少事，略回味似乎云里雾里穿过，唯记失我老父、得我佳儿。至交新朋，呼痛呼快，以此书，别我至交，迎我新朋。愿来路再遇，愿前途珍重。